異域搜查師 ⑥

長空鷹舞

關景峰 著

U0108388

新雅文化事業有限公司
www.sunya.com.hk

這是 **魔幻偵探所** 五年後的世界……

　　英國的異域出現了亂局，以海倫為首的魔法警察經過多番偵查，得悉在背後操縱的是大無臉魔雷頓。海倫他們來到亞伯丁，終於找出潛伏了五年的雷頓，正要把它擒服之際，卻眼睜睜地看着它被另一羣魔怪抓走了。而這一羣魔怪，竟然是跟雷頓有着血海深仇的鷹頭怪……

人物簡介

海倫

年齡：17歲　　絕技：飛盾護體
前倫敦魔幻偵探所主任，臨危受命，被委任為魔法警察部的督察，來到失控的異域調查亂局源頭。

湯姆斯

年齡：20歲（外表12歲）　　絕技：暴風鐵拳
康沃爾郡魔法師聯合會的精英，被調派到魔法警察部當海倫的搭擋。但來到異域後因吃了過期變身藥，變成小孩後無法復原。

餓了

魔怪類型：魔刺蝟　　絕技：尖刺攻擊
懂得魔法和說人類語言的魔怪。被海倫從地下交易市場救出後，就跟着他們，最後被認可，並委任為警長。因為總是吃不飽，所以被叫作「餓了」。

目錄

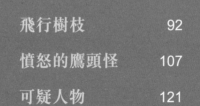

第一章 放風箏的人

無臉魔的大魔頭雷頓，隱藏在亞伯丁的一處民宅，眼看就要被海倫他們抓住，卻被鷹頭怪塞布從空中飛下來抓走。海倫他們看着越飛越高、越飛越遠的塞布和另外三隻鷹頭怪，也是無可奈何，畢竟他們的飛行能力和鷹頭怪相比，差距很大。

雷頓被塞布抓着，還有僅僅咬着主人雷頓褲腳的大黑狼庫卡，跟着塞布越飛越高。雷頓受了重傷，但是完全清醒的，它沒有掙扎，因為它距離地面起碼五百米高，即使是魔怪，這個高度掉下去也必死無疑。它知道自己被鷹頭怪抓着，但是也暗自感到幸運，它實在是不想落到魔法警察手裏。

雷頓耳邊的風呼呼作響，也不知道飛了多長

時間、飛了多遠，雷頓看見遠處有一座像是巨塔一樣的山峯，高聳入雲。

抓着雷頓的塞布，扇動巨大的翅膀，直接飛到山峯頂上，這個山頂比一個籃球場要大一些，一大半是平坦的表面，另一小半是一塊和山體融在一起的巨石，巨石下有一個巨大的、黑乎乎的山洞，山洞的洞口高度有限，但是很長，右側洞口長着幾棵大樹。

塞布還沒有落地，爪子一鬆，雷頓和庫卡被扔到平地上。雷頓重重地撞在地上，差點暈倒，它掙扎着想站起來。忽然，繞着山頂生長的四根藤條突然變長，上去就捆住了雷頓的四肢，庫卡也被兩根稍細的藤條捆住。

塞布落在山洞口，另外三個鷹頭怪也落下來，站在塞布的身邊。此時雷頓還在掙扎，但是完全無法掙脫藤條的束縛。

塞布走到雷頓身邊，雷頓看到塞布，又掙扎了兩下，最後放棄了，冷冷地看着塞布。

「我知道，你用了魔力，你想拉斷這些藤條。」塞布陰冷地說，「但是，你沒感覺出來嗎？這些千年藤條都用魔汁泡過，你再有力氣也拉不斷。」

「塞布，我們之間確實有些誤會，但是感謝你剛才救了我。」雷頓說道，「你鬆開我，我們有事好好說！」

「救你？」塞布眯起了眼睛，晃了晃脖子，「你這麼認為嗎？我把你抓來，不是救你，我只是不想你死在魔法師手裏，我要親自解決了你！」

「塞布，你弟弟的事我很抱歉，但是是它先想殺我的，它聽信了狐王的鬼話，說我這麼屬害，全因為我是從一顆魔珠變的，我融化後就會還原回魔珠，吃了魔珠就魔力無邊、永不死亡……」

「我也相信狐王的這些話。」塞布盯着雷頓，「當時我不在，我要是在，已經擁有魔珠

了，不是嗎？」

「你……」雷頓渾身一顫，聽到塞布的話，它感到了絕望，「塞布，你聽我說，我的價值很大，我可以幫你做很多事，我能幫你稱霸整個異域，何必糾結一顆魔珠呢？實際上我也不是魔珠變的呀，融化掉我也沒有什麼魔珠。」

「雷頓，你是大無臉魔，你的話沒人相信，你自己想稱霸異域，怎麼會幫助我呢？只要鬆開你，你一定會先殺了我。」塞布說道，「至於你是不是魔珠變的，那要看我怎麼操作了。不過這和你沒關係了，哈哈哈……」

「老大，不要和它囉嗦了，幹掉它吧！」一個鷹頭怪走過來，惡狠狠地說。

「嗯，雷鳴，把無底井的井蓋打開。」塞布說，「馬上就融化了它，還有那隻狼！」

叫雷鳴的鷹頭怪點點頭，走到了山洞旁，它把幾根藤條扒開，搬開了一塊不到一米的圓石頭，一個黑乎乎的深井露了出來。

「塞布，你聽我說，我錯了，我不該殺死你的弟弟！不過我們今後可以和解，我還有幾個小無臉魔，還有中無臉魔『科尼』，這都是我的資源，都可以幫助你，真的幫助你，不是騙你的……」雷頓明顯着急了，它大聲地喊起來，「相信我……」

塞布的右翅膀抬了起來，那四根藤條像是很聽話的樣子，把雷頓拉了起來，開始向深井口移動。

「哇——不要——不要——」雷頓恐懼而絕望地大喊着，「塞布——你饒了我——」

四根藤條把雷頓架到了井口，隨後一甩，雷頓頓時被扔進到深井裏。隨後，另外兩根藤條把

庫卡也架了過來，扔進了深井，庫卡叫起來，這聲音越來越小，最後完全聽不見了。

雷頓和庫卡被扔進去後，雷鳴走過來，把圓石頭放在洞口，石頭的直徑不到一米，但比直徑半米的洞口要大，石頭卡住洞口，洞口的幾根藤條扭動着過去，壓在石頭上，洞口被堅固地封死了。

塞布和三個手下看着被封住的洞口，都很得意。這時，一個無臉魔從山洞裏慢慢地走出來。

「弄死它了？」走出來的無臉魔問道，它瘦高身材，臉完全是長條狀的，它的四肢異常的長。

「嗯。」塞布點點頭，「兩百米深的深井，應

10

該一下就摔死了，井底也有毒霧，一天之後它就會被毒霧徹底融化，我就能得到魔珠了。」

「好。」無臉魔點點頭，「那麼另外一半的錢和魔藥，你可以支付了。」

「沒問題，科尼。」塞布說，「哈哈，剛才，雷頓臨死前，還把你拉出來當保命籌碼呢，哈哈哈……」

「不說這些了。」叫科尼的中無臉魔說道，「錢在什麼地方？」

*　　　*　　　*　　　*　　　*

海倫和本傑明在雷頓隱蔽居住的樓下，眼睜睜地看著它被塞布抓走。餓了也看到一切，牠徹底失望了，本來以為雷頓這次就束手就擒。

「我們往那邊追過去，看看塞布往哪個方向跑了。」海倫看看湯姆斯和餓了，「不能就這麼放棄。」

湯姆斯點點頭，餓了雖然失望，但是也跟着點點頭。牠雖然不抱什麼希望，但也不想就此結束。

塞布是向西面飛行的，海倫帶着湯姆斯和餓了向西追去，他們的速度很快，同時仰望着天空，很想看到塞布身影，海倫甚至開啟了遠視眼，這樣她就能看到十多公里外的具體事物了。但是沒有用，塞布早已飛遠了。

他們穿過一片住宅區，住宅區外有一個很大的公園，公園臨街的地方，有一片草地，草地上人不多。

他們越過了公園，又追了幾百米，最後，海倫停了下來。

「算了吧。」海倫擺了擺手，看看身後氣喘吁吁的本傑明。餓了倒是還好，牠奔跑起來速度極快，「回去把今天發生的事，向諾曼警司彙報吧。」

「求助總部吧。」湯姆斯聳聳肩，說道，

「我們能把隱蔽這麼多年的雷頓挖出來，已經很不容易了。」

「如果不是塞布，我們就立大功了。」餓了很惋惜地說，「塞布救雷頓幹什麼？它們不是對頭嗎？塞布曾說雷頓殺了它弟弟。」

他們說着話，向回走着。他們要去雷頓一直藏身的地方，看看能不能找到什麼有用的線索，隨後再和總部聯繫，決定下一步該怎樣行動。

又經過那片草地，海倫忽然站住了。她直直地看着草地上的幾個人。

「怎麼了？」湯姆斯疑惑地問，「那幾個人不可能知道塞布飛到哪裏去了。」

「可是他們在放風箏，可能看到塞布的飛行方向。」海倫說，的確，草地上一共四個人，有一個人手裏拿着一隻外表是章魚的風箏。海倫向那幾個人走去，「問一問他們，看看塞布去了哪個方向。」

餓了站在原地，沒有走過去，牠不想引起別

人的特別關注。海倫和湯姆斯走到幾個人身邊，他們說了些話，不一會，又走了回來。

「他們看見了，塞布向西南方向飛走了！」湯姆斯興奮地對餓了說，「筆直的飛，沒有轉向動作。」

「確定嗎？那是塞布嗎？」餓了連忙問。

「他們當然不知道那是塞布，但是都說看到一個巨鷹抓着一個什麼東西在飛，剛才在這裏飛過去的、抓着東西的巨鷹，也只有塞布吧？」海倫分析地說，「塞布飛到這片草地上空的時候，早就擺脫我們了，它也不會刻意改變方向迷惑我們，所以它的目標就是西南方向的某處。」

「那要馬上向總部報告，塞布往西南方向飛，那邊會不會有它的落腳點呀？」餓了說着跳了兩下，有點激動。

「沒錯，塞布不可能每小時都在天上飛，它要有落腳點。」海倫誇讚地看看餓了，「我們把這些資訊告訴總部，諾曼警司會幫助我們查

的。」

海倫他們快步向回走，他們先來到雷頓藏身的公寓樓房間，那裏此時已經被警方封鎖起來。海倫他們亮明了魔法警察的身分，在房間裏仔細查找，不過確實沒有發現什麼有價值的線索。而這個地方，雷頓一定是永遠放棄了。

海倫他們回到了旅館，立即聯繫了總部，他們和諾曼通話，告訴他這天發生的一切，並且通報了塞布向亞伯丁西南方飛行的事。諾曼很高興，隱蔽在人羣中的大魔頭雷頓終於被挖出來，這是海倫三人組的一大功績。而塞布可能的去向，諾曼說根據他的經驗，在那個方向上，確實有落腳點，他會馬上去查，請海倫他們稍等。

諾曼去調查的時間，湯姆斯找來一張地圖，開始自己查找。亞伯丁的西南方向，面積巨大。深山密林，河網密布，湯姆斯幾分鐘就找出來十幾個地方。

「你找了十幾個地方，我們就三個，要查

到什麼時候去？」海倫說道，「河流湖泊就算了吧，鷹頭怪不會躲到水裏去。」

「魔怪呀，不好說的。」湯姆斯看着地圖，「海倫，你說會不會是格拉斯哥北面這片古堡羣，都是廢棄的古堡，也沒有被當做旅遊點開發，很適合隱藏。」

「那片古堡羣我知道，很多都坍塌了，露天的。」海倫搖了搖頭，「鷹頭怪不會在露天古堡裏，風吹雨淋的。」

「那倒是。」湯姆斯點點頭。

「雖然找的都不對，但是湯姆斯這個認真樣子，很值得稱讚。」餓了在一邊誇獎地說。

「噢，你這樣說話的口吻，讓我想起了我的老師們呀。」湯姆斯晃晃腦袋，「你現在變成我的老師了……」

突然，海倫的手機響了起來。

「快，你老師的上司來電話了！」餓了連忙叫起來。

山下迷宮

電話的確是諾曼打來的，海倫和他進行視頻通話，諾曼一臉的興奮。

「塞布一共有兩個鷹巢，在北方的鷹巢，就在亞伯丁西南的本羅蒙德山區域，具體位置就在本羅蒙德山主峯、向北一千五百米的一座垂直塔山上。那個區域是無人區，有魔怪出沒，也是一片異域，魔法師聯合會的魔法師曾經進去過一次，但是塞布不在，他們一無所獲。」諾曼介紹說，「亞伯丁距離那裏一百六十公里，據我所知，鷹頭怪一次飛行距離最遠也不到兩百公里，所以塞布最有可能就降落在那裏。」

「就是說它直接回到了巢穴？」海倫說。

「對，它回巢穴了，那裏是它多年經營的地方。」諾曼說，「那裏充滿了危險，因為它知道魔法師曾去過，應該會埋設暗算機關。」

「明白。」海倫點了點頭。

「你們行動要迅速，塞布並不是經常在這個北方鷹巢。」諾曼強調地說，「目前不知道塞布把雷頓抓到鷹巢要幹什麼，它們之間有很深的矛盾。它要是殺掉雷頓，也是可能的，而且會很快進行。無論如何，一定要追蹤到雷頓的生死，如果活着，塞布和雷頓都要抓住。格拉斯哥警察局也成立了魔法警察處，他們會協助你們。」

「是。」海倫和湯姆斯、餓了一起回答。

結束了諾曼的通話，海倫他們立即收拾好行裝。他們來到火車站，上了最近一班前往格拉斯哥市的火車。到了格拉斯哥市後，他們在火車站直接上了一輛計程車，前往坎查特鎮，他們將在這個鎮進入本羅蒙德山區。塞布的鷹巢位置，就在主峯北面的塔山，這座山的正式名稱是——奇蘭山。

到達坎查特鎮的時候，已經是傍晚了。他們沒時間停留，在鎮西的一片樹林進入了本羅蒙德

山區。

　本來已經是傍晚，樹林裏的枝葉茂密，所以裏面根本昏暗一片，而且天越來越黑。海倫他們顧不得這些，要儘快去奇蘭山，確認塞布和雷頓在不在。

　海倫的手機有衛星定位功能，奇蘭山的位置距離他們有十公里，穿越樹林最多只要四小時即可到達，海倫邊走邊看着手機。

　「看不見呀，真是難走。」湯姆斯邊走邊抱怨，「這要是有人開一條路該多好呀。」

　「又不是旅遊區，誰會來開路？再說，這裏只要開了路，塞布也就不會住在這裏了。」海倫說道。

　「嗨，聽說過那個開路的笑話嗎？英國和法國決定開挖英吉利海峽海底隧道，英國從自己這邊挖，法國從他們那邊挖，決定在海底中央匯合連通。」餓了走在地上，速度很快，牠很習慣在暗夜的林中穿行，「最後，他們獲得了兩條海底

隧道，哈哈哈……」

「我聽過，但你講得不好笑。」海倫說。

「哈哈哈，我沒聽過，蠻好笑的。」湯姆斯笑著說，忽然，他腳下一滑，差點就摔倒，「哎呦——」

海倫伸手就扶了他一把。湯姆斯站穩後，穩定下情緒，繼續向前。他們走入山區森林已經有兩公里多了，這時，海倫腳下，有個像是螢火蟲一樣的東西，閃了一下，隨即熄滅，海倫他們都沒有發現。

「海倫，把亮光球點上吧，天完全黑了，看不見前面的路呀。」湯姆斯說，「餓了說牠能引路，可是我也看不見牠呀，也看不見你，只能聽到你們的聲音。」

海倫答應一聲，唸了句魔法口訣，點亮了一枚乒乓球大小的亮光球，亮光球在

海倫頭頂前一米的地方照亮，因為不想被山頂上的塞布發現，海倫並沒有把亮光球的亮度調到最高，剛剛好能看清前面的路。

有了亮光球照亮，他們向前行進暢快了很多。他們又向前走了半個小時，大概走了一公里，忽然，海倫站住了。

「怎麼了？」湯姆斯問。

「我們迷路了，我們只是在森林裏繞圈。」海倫說道，她指着一棵樹，「這棵樹的這個樹疤像一個流淚的眼睛，大概半小時前，我們從這裏走過，我記得這棵樹。」

「啊？」湯姆斯一驚，他連忙看看那棵樹，「好像……我也看見過……衛星導航不是好好的嗎？」

「衛星導航顯示正常，但是我們迷路了，確切地說，我們落到塞布設置的機關裏了，如果衛星導航失靈，我們在這裏轉圈，那倒是正常的迷路；但是導航沒問題，可我們卻在轉圈。」海倫

沉重地説，「塞布可能用了魔力，把這裏變成了迷宫。」

「這怎麼辦？」湯姆斯着急了，「奇蘭山的方向在哪裏？這總知道吧？我們一路砍樹，開一條道過去，什麼機關都擋不住我們。」

「那塞布不就知道我們來了？」海倫沒好氣地説，「你不要着急，現在要冷靜。」

餓了一直沒説話，牠在周圍轉來轉去，用鼻子東聞西嗅的。

「這裏讓我想起了我的家鄉，那也是一片森林。」餓了此時顯得很是平靜，「你們都不要着急，聽我説，只要能在這個林子裏找到我的那些兄弟，就不怕迷路了。」

「你在這裏有親戚？」湯姆斯吃驚地問道。

「算是……遠親吧。」餓了比畫着説，「就是那些小刺蝟，本地的小刺蝟，林子裏一定有，這種林子最適合我們生活。我的這些兄弟一定能帶我們出去，牠們不會受到任何魔力的影響。」

聽到餓了這麼說，海倫和湯姆斯寬心了很多。餓了讓海倫把亮光球又升高一米，並且調亮，牠爬到樹上，看了看前後左右，隨後下來，看準了南面，鼻子貼着地，用力地聞，身體爬行的同時向海倫和湯姆斯招招手，海倫和湯姆斯連忙跟上。

　　餓了向前移動，海倫控制着亮光球，一起跟着餓了移動。這樣走了一百多米，餓了忽然讓海倫把亮光球調暗，隨後繼續貼地爬行，速度也放緩。這樣又前進了幾十米，餓了突然跳起來，縱身一躍，一下就鑽進一個草窩。

　　一陣嘰嘰的叫聲，一隻和餓了差不多大小的刺蝟被餓了拉了出來，牠很是緊張，拼命要掙脫，餓了緊緊地抓着牠。

　　「看好了，我説你看好了。」餓了飛快地對那隻刺蝟説，「是我，你的同類，只是比你們聰明一萬倍甚至更多。」

　　「餓了，用你們的語言和牠説話呀。」湯姆

斯在一邊大聲地提醒。

「噢，我忘了，都怪我總是和你們在一起。」餓了抱怨地說。

餓了開始發出海倫和湯姆斯完全聽不懂的聲音，「嘰嘰喳喳」的向那隻刺蝟說着什麼。那隻刺蝟看上去和餓了沒什麼區別，海倫和湯姆斯都區分不出來。

被餓了抓着的刺蝟慢慢恢復了平靜，牠也發出「嘰嘰喳喳」的聲音，明顯是在和餓了對話。說話的時候，牠還時不時地看看海倫和湯姆斯，似乎有些害怕人類。

「我的這位兄弟說，以前——噢，牠沒有具體的時間概念，以前確實有個老鷹——我想就是塞布，在這裏散出一種煙霧，然後就走了，從此以後，一些從其他地方來的大型動物來到這裏

就只會轉圈，怎麼也走不出去。我想塞布是在施展魔法，把這裏變成一個誰走進來都會迷路的迷宮。」餓了看看海倫和湯姆斯，翻譯那隻刺蝟的話，並加入自己的理解。

「問問牠我們怎麼可以走出去，我們要去前面的奇蘭山，就是老鷹住的那座山，牠一定知道。」海倫說道。

餓了又開始問話，那隻刺蝟回答幾句，轉身就走。

「跟上牠。」餓了招招手，「牠認識路。」

海倫和湯姆斯連忙跟上，那隻刺蝟速度很快，海倫發現牠幾乎是在走直線，遇到樹木阻攔，稍微繞一下，還是回到直線上。

往前走了幾十米，一隻鹿的骨架倒在一棵樹下，又走了幾十米，一隻熊的骨架攤在地上。

「這一定都是走不出這片樹林的動物，絕望地死在這裏了。」海倫看着那些骨架，說道。

那隻刺蝟速度飛快，幾乎跑起來，看來是對

這片樹林極其熟悉。他們走了大概一個小時，那隻刺蝟站住了，牠看看餓了，開始説話。

「牠説到了前面就能走出迷宮區域，奇蘭山也在前面，那些大型動物在前面那片樹林就不會迷路。」餓了對海倫和湯姆斯翻譯同類的話，「噢，牠的表達不是很清晰，但我基本能解釋牠的意思。」

「謝謝，很感謝。」海倫説道，「你對牠説呀。」

餓了開始向那刺蝟表示感謝。這時，湯姆斯從背包裏拿出來一袋餅乾，蹲下身子，把餅乾袋撕開，餅乾放在地上。

「吃吧，飽了，好好吃。」湯姆斯輕柔地説。

那隻刺蝟聞了聞餅乾，隨後大口地吃起來。

「你剛才叫牠什麼？飽了？」餓了很是好奇地問。

「對呀，我起的名字，你是『餓了』，牠是

『飽了』。」湯姆斯説,他似乎很滿意自己給刺蝟起的名字。

餓了聳聳肩。「飽了」則大口地吃着餅乾,一臉幸福的樣子。

這裏距離奇蘭山已經很近了,海倫把亮光球的亮度調整到最低,她抬頭看看遠方,依稀可以看見有一根粗柱子一樣的大山,黑壓壓的,似乎要砸過來一樣。

海倫他們告別了「飽了」,向前面的奇蘭山行進,她打開衞星導航,確認此時的導航是不受干擾的了。他們向前走了不到一小時,來到了直上直下的奇蘭山下,奇蘭山的山頂面積比一個籃球場大一些,山下基本一樣。

「這可怎麼辦?」湯姆斯仰望着山頂,那山頂距離地面足有三百米高,「怎麼上去呢?」

「先休息。」海倫説道,「這樣疲憊的狀態要登上去,一定出問題。休息好了,想方設法一定要上去。」

關鍵人物

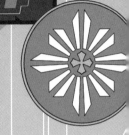

鷹頭怪塞布

鷹頭怪的首領，飛行力極高，在憂傷谷一役中曾敗於海倫他們而逃亡。它今次在危急關頭突然把雷頓抓走，看來是為報私仇？（詳情見第2冊）

大無臉魔雷頓

五年以來，化為人類隱蔽在阿伯丁市的大魔頭，並在背後操縱小無臉魔，擾亂異域。它被海倫重創之後，身體尚未回復，暫時無力還擊。這是收拾它的最佳時候嗎？

庫卡

大黑狼形態的魔怪，能夠變大，也曾化為一隻普通的蘇格蘭梗犬，陪伴雷頓隱藏在民間，看來是雷頓的忠僕。

中無臉魔科尼

大無臉魔雷頓從來不會跟其他小無臉魔見面，它們中間有一個中無臉魔，負責搭橋聯絡或發出指令，它就是科尼了。但科尼今次是背叛雷頓了嗎？

攀向山頂

湯姆斯很是同意，他已經感到很疲憊了。此時遠處的天空，有些微微泛白了。他們在山腳下找到一個不深的石洞，在裏面鋪了很多灌木枝和樹葉，海倫還沒有躺進去，餓了跳到上面，倒頭就睡着了。

海倫和湯姆斯都笑了笑，隨後也躺下去。這一覺醒來，天色已經大亮了，山洞外的樹林裏，鳥兒在鳴叫着。

海倫走出山洞，身邊的景物看得很清楚，她背後就是那座直上直下的奇蘭山，前方是連綿的森林。海倫仰頭看看奇蘭山的山頂，希望塞布和雷頓最好還在上面，海倫想，她覺得自己追來的速度已經是很快了。

湯姆斯也醒了，他和海倫吃了些帶着的麵包，隨後推醒了餓了，餓了一起來就喊餓，但是

拒絕吃麵包。牠跑出去，很快就找到一株灌木，那裏結滿了漿果，餓了飽餐一頓，回來的時候，海倫和湯姆斯已站在山洞口。

「行動吧！」湯姆斯看看餓了，又看看海倫，指了指奇蘭山頂，「這裏要怎麼上去呢？餓了，你有沒有能爬到山頂的伙伴，快找來。」

「噢，假如你離開了我們刺蝟，都沒法過日子了是吧？」餓了搖頭晃腦地説，「又要我們找路，又要我們飛上去嗎？」

「要上去，看來還真要飛。」海倫仰着脖子，看着山頂，説道。

「就我們這點飛行魔力？」湯姆斯説道，「是的，我的確可能比你飛得高十米，但是飛得高，摔得也狠呀……」

「山上到處是樹，都是斜着向上長的。」海倫指了指兩米高的一棵樹，「飛起來十幾米，抓住樹幹，坐在樹上，繼續再向上飛，這樣一段一段的飛，我們就能到山頂了。」

湯姆斯略有吃驚地看了看奇蘭山，山體的確生長着很多樹木，有粗有細，那些粗壯的樹木坐上去兩個人應該沒問題。

「也只有這個辦法了。」湯姆斯說，「不過山腳還好，高處可就危險了。」

「我們魔法警察，時刻與危險相伴。」海倫說着長出一口氣，她抬頭看看上面，唸出魔法口訣，「擋不住我的身也看不住我的形……」

海倫一下就騰空而起，飛上去足有十多米高，伸手抓住一根樹枝，翻身就騎在樹枝上。

「來，飛行的士！」餓了對湯姆斯招招手。

湯姆斯明白餓了的意思，他蹲下身子，把背包打開，餓了跳了進去。湯姆斯要帶着餓了向上飛，他背好背包，看了看頭頂上方。

「飛得穩一些，否則我拒付車費。」餓了提醒地說。

餓了話音剛落，湯姆斯已經飛起來十幾米，他飛到了海倫身邊的一棵樹上，輕鬆地呼出了一

口氣，看了看海倫，招了招手。

海倫再次騰空而起，她又飛了十多米，落在一棵樹上，剛落在樹上，湯姆斯就飛了上來。

兩人這樣依次飛行，連續飛了幾分鐘，距離地面已經有兩百米了。現在，兩人的腳下就是深谷，而且接近山頂，給人一種很壓抑的感覺。此時兩人都不敢大聲說話，因為塞布極有可能就在上面。

海倫和湯姆斯在一棵臨近山頂的樹上休息了一會，這次是湯姆斯率先飛起來，他抓住一根樹枝，然後翻身騎在樹上，海倫隨即也飛了上來。

上方不到十米就是山頂，腳下的景物已經完全看不清了。飛到這個位置，海倫和湯姆斯都有些緊張，他們很可能馬上就遭遇到塞布了。

「飛上去後先找掩護，看好地形再行動。」海倫壓低聲音提醒湯姆斯。

湯姆斯點了點頭，隨後看看山頂。

「擋不住我的身也看不住我的形。」湯姆斯

唸出了魔法口訣，他的身體騰空而起。

湯姆斯一下就飛到山頂，他準備翻身落在山頂，這時，山頂周圍突然出現一道光圈，他觸碰到光圈，身體當即就不受控地掉落。

「湯姆斯——」海倫驚叫一聲，手臂忽然變長，當即就抓住掉落的湯姆斯。

湯姆斯的頭朝下，背包口也向下，他雖然被海倫抓住，但是餓了從背包裏滑落出來。

「啊——」餓了叫了起來。

海倫的另一隻手臂急速伸出，抓住了餓了。餓了本來已經絕望地閉上了眼睛，牠被海倫抓住後，睜開眼，長出一口氣。

海倫把湯姆斯和餓了拉過來，放到樹上。湯姆斯和餓了其實都驚魂未定，他倆緊緊地抱着那根樹幹。

山頂上，忽然傳來聲音。

「閃電，防護網那裏剛才是不是有什麼聲音？」

「沒有吧，反正我是沒聽見。雷鳴，你可夠敏感的，這麼高誰能上得來……」鷹頭怪閃電回答道。

海倫和湯姆斯和餓了立即沿着樹幹向崖壁爬過去，兩人的頭頂是一棵樹，海倫把樹枝拉下來，蓋在自己和湯姆斯、餓了的頭頂，同時身體緊緊地貼着崖壁。

　　山頂上，兩隻鷹頭怪的頭探了出來，向下面看了看，隨後收了回去。

　　「雷鳴，你這個笨蛋，你就是過於敏感，你看看，什麼事都沒有呀……」

　　「閃電，你才是笨蛋，你平日總是粗心大意……」

　　山頂上的聲音越來越遠，隨後消失了。

　　海倫鬆開樹枝，看了看湯姆斯，湯姆斯此時仍然是極其緊張。

　　「上面也有魔法機關。」海倫説，「這是鷹頭怪的最後一道防線。」

　　「湯姆斯，我剛才差點掉下去。」餓了揮着手臂，「你要是這麼不小心，摔着乘客，我要到消費者保護委員會投訴你……」

「噢，餓了，這種時刻，別開玩笑了。」湯姆斯長出一口氣，「剛才真是嚇死我了。海倫，謝謝。」

「行了，你這麼客氣，讓我不太適應。」海倫說道。

「無論如何，鷹頭怪確實在上面。」湯姆斯說，「這一點也可以肯定了。」

「先看看上面的具體情況吧。」海倫說着就把自己的手機拿了出來，「湯姆斯，你掰一根樹枝給我，長一點的。」

「你怎麼看呀？」湯姆斯問道，但是手伸向身邊一根長長的樹枝，掰斷了拿給海倫。

「手機綁在上面，伸出去看。」海倫說着把手伸進湯姆斯的背包，那裏放着一些工具設備，「先用繩子綁好手機。」

「那還是要通過山頂周邊的機關的，還是會被光圈射線打下來。」湯姆斯急促地說。

「不會，光圈射線是防止我們攀登的。樹

枝往上長，或者鳥類飛過，不會有反應，否則鷹頭怪每天都要應付這種虛假警報了。」海倫說，「我們距離遠一些，手機探出去拍影片看。」

海倫找到一根繩子，把手機綁在樹枝的一頭，隨後開始攀爬樹枝，她一點一點地往上爬，距離山頂不到四米距離的時候，停下並坐在一根樹枝上。湯姆斯把餓了放進背包，也爬了上去。海倫把手機調到影片拍攝功能，按下拍攝鍵，隨後把樹枝小心翼翼地舉起來，慢慢地向山頂方向移動。快到山頂的時候，海倫的動作更慢了，越過山頂的時候，那道光圈沒有再出現，海倫長出一口氣，把手機探出山頂。

手機的攝像鏡頭，對着山頂開始錄影，海倫沉穩地操作着，她把手機慢慢地旋轉着，努力拍清楚山頂全貌。

海倫拍了一分多鐘，隨後把樹枝慢慢地縮回來。她飛快地把手機從樹枝上解下來，關閉並保存了錄影，隨後開始觀看。

手機拍到了山頂的情況，特別是錄影到半分鐘的時候，一個鷹頭怪的身影在山頂的山洞口出現了十秒，鷹頭怪並沒有走出來，而是很快轉了回去。這隻鷹頭怪並不是塞布，但是海倫和湯姆斯都確信，這是塞布的手下，它在這裏，塞布一定也在。

山頂全貌，海倫他們也都看清了，山頂並不大，也只有一個山洞。

「雷頓可能也在山洞裏。」湯姆斯猜測道，「如果堵住洞口，那麼就能把它們全都堵住了，我覺得山洞的另一邊，不會有別的出口了。」

「我一會繞過去看一下。」海倫點點頭，「現在找魔法師聯合會或者格拉斯哥警察局魔法處的人來幫忙，已來不及了，我擔心塞布它們隨時會離開這裏。」

「那怎麼辦？」湯姆斯説，「我們衝上去後要封住洞口，可現在怎麼衝上去都是問題，只要上去，就會觸碰到機關，光圈就會放電，只要再

來一次，鷹頭怪們就一定相信山頂下有人了。」

「沒辦法了，只有硬拼了。」海倫說，「集中凝固氣流彈，把上面的光圈機關炸開，快速上去，再有凝固氣流彈封鎖住洞口。」

「凝固氣流彈？」湯姆斯想了想，「很老的攻擊術了……不過，應該管用。」

「持續攻擊，不能讓它們有喘息的機會。」海倫認真地說，「我去看看山頂的山洞有沒有另一個出口，如果有，兩邊都要堵住。」

第四章

洞口封鎖戰

海倫說完，在樹枝上攀爬着，沿着崖壁向另一邊移動，很快就轉到了那邊。過了十分鐘，海倫轉了回來。

「好消息，只有一個洞口。」一回來，海倫就對湯姆斯說。

湯姆斯高興地點了點頭。

「準備攻擊。」海倫指了指山頂方向。

海倫和湯姆斯、餓了商議了一下，然後開始向上攀爬，他們攀着樹枝，來到了山頂下三米多的地方，隨後停下來。再向上，就有可能觸碰到機關，引發光圈放電。

「一、二、三——」海倫看着湯姆斯，又看看餓了，數着數。

唸完「三」，海倫和湯姆斯默唸出魔法口訣「凝固氣流彈」，海倫射出三枚凝固氣流彈，湯

姆斯射出兩枚。五枚凝固氣流彈排着隊飛向山頂崖壁，海倫和湯姆斯則把身體緊貼崖壁，緊緊地抱着樹幹。

「轟——轟——轟——」海倫和湯姆斯的頭頂上方，山頂崖壁的沿壁地方，爆炸聲響成一片，硝煙四起，碎石亂飛。爆炸聲剛落，湯姆斯就站在樹枝上，用力一蹬，借助着樹枝的反彈穿過硝煙，飛身上了山頂。這一次，由鷹頭怪暗設在山頂周邊的機關已完全被炸爛，沒有阻攔作用，湯姆斯輕鬆地就上了山頂。

湯姆斯落地後，一個翻滾，向前衝出幾米，他的手揚起，唸了句魔法口訣，一串凝固氣流彈，一共五枚，對着不遠處的山洞洞口就飛去。洞口那裏，塞布和三隻鷹頭怪正在往外走，氣流彈飛來，洞口頓時被炸得山崩地動，塞布它們慘叫着退回去躲避。

海倫緊跟着湯姆斯上到山頂，一直在湯姆斯的背包裏的餓了，到了山頂後，就自己跳了出

來。

湯姆斯釋放完一波凝固氣流彈，往後退了兩步，海倫衝上去，連射五枚氣流彈，洞口那裏又是一片硝煙，碎石亂崩。

海倫這邊到達二十米遠的山洞旁，基本是一塊平地，只有兩棵小樹，海倫和湯姆斯各自躲在一棵樹後。兩輪氣流彈攻擊後，山洞口毫無聲息，裏面則偶有嘶喊聲傳出來。

「塞布——雷頓——」湯姆斯對着山洞口開始喊話，「你們投降吧——不投降會有更猛烈地攻擊——」

洞口那裏，足足有三分鐘都沒有反應，湯姆斯從樹後走出去，向前慢慢地走了兩步，這時，塞布的頭忽然露了出來。

「嗖——嗖——」兩枚鴿子蛋大小的凝固氣流彈飛了出去，隨即在塞布的腦袋旁炸響。塞布喊了一聲，連忙又退了回去。

「噢，我的氣流彈攻擊成功了！」餓了很得

意地從山頂邊的一塊石頭後走出來，剛才的氣流彈是牠發射的，牠也是不久前剛和海倫學習了發射凝固氣流彈的魔法，不過海倫和湯姆斯的氣流彈都比拳頭還要大，餓了的則要小很多。

又平靜了三分鐘，洞口那裏還是什麼聲音都沒有。湯姆斯又喊了幾聲，叫塞布投降，不過它們根本就沒有回答。湯姆斯等不及了，突然又向山洞裏射出兩枚氣流彈，然後快步向裏面衝，海倫和餓了連忙跟上。

湯姆斯剛衝到洞口，身體探進去，他覺得塞布等一定都被炸暈了。山洞裏光線陰暗，湯姆斯看到不遠處有一隻鷹頭怪，正在吃驚地看着自己。正在這時，一隻利爪帶着風聲就抓過來，湯姆斯連忙閃身，利爪鋒利的爪尖劃破湯姆斯的肩膀。接着，一股更大的風聲襲來，一個巨大的鷹翅拍向了湯姆斯的腦袋。

湯姆斯慌忙躲避，但是這次沒有躲開，他被塞布狠狠地拍擊在地上。湯姆斯倒地後，塞布馬

上要抓向他。

「啊——」塞布大喊一聲，但這是一聲慘叫，它的爪子抓到了渾身是刺的餓了。餓了看到湯姆斯快要被抓住，迎上去，故意被塞布抓住。

海倫也衝進山洞，她猛擊洞口的一隻鷹頭怪，把它打倒。這時，餓了身上的刺插在塞布的爪子上，插得很深。塞布用力一甩，餓了被甩到山洞裏，一隻鷹頭怪用石頭，壓住了餓了。

海倫看到餓了被壓住，也上去抓住被打倒的鷹頭怪，把它用力往外拉。塞布衝過來，想攻擊海倫，這時湯姆斯已經站了起來，他對着塞布猛地揮拳。

「暴風鐵拳——」湯姆斯大喊一聲魔法口訣，揮拳打中塞布，塞布頓時被打倒在地。

另一個鷹頭怪也衝過來，海倫連忙大喊，叫湯姆斯攔住它。餓了在山洞裏面，被鷹頭怪用石頭壓住，海倫和湯姆斯攻不進去，所以想拖出去一個鷹頭怪和塞布交換人質。

　　湯姆斯明白海倫的意思，他擋住那個鷹頭怪，此時，塞布爬了起來。湯姆斯和海倫一起拖着被抓住的鷹頭怪，退出山洞。

　　「哇──哇──救我──」餓了狂喊起來。

　　海倫抓着鷹頭怪，退出了山洞，塞布和一個手下跟了出來，湯姆斯對着山洞頂就射出兩枚凝固氣流彈，爆炸和碎石、濃煙覆蓋了整個洞口，塞布和手下退了回去。由於距離太近，湯姆斯自己也被碎石擊中，不過沒怎麼受傷，他幫助海倫把鷹頭怪抓到一棵樹後。山洞那裏，一個鷹頭怪又想出

來，被湯姆斯立即給炸了回去。

「救我——」餓了的聲音從山洞裏傳來。

海倫用捆妖繩把鷹頭怪捆住，湯姆斯監視着洞口，如果鷹頭怪想出來，他就立即發射凝固氣流彈，目前看這個攻擊手段很是見效。

「老大——救我——救我——」被海倫捆住的鷹頭怪看到自己徹底跑不掉了，高聲呼救。

「別喊了——」海倫大聲地説，「你叫什麼？」

「我叫雷鳴。」叫雷鳴的鷹頭怪恐懼地看着海倫，「不要傷害我，魔法師。」

「你們有幾個？」海倫又問道，「我是説鷹頭怪，三個還是兩個？」

「啊……不是三個，也不是五個，你猜是幾個？」雷鳴眨了眨眼睛。

「雷頓在哪裏？怎麼我剛才沒看見它在山洞裏？」海倫問道。

「它嘛……哈哈哈，它已經完蛋了！」雷鳴

忽然興奮起來，「誰叫它殺了老大的弟弟……」

餓了的呼救聲又傳出來，同時還有塞布的訓斥聲。

海倫快步向山洞走了幾步，一個鷹頭怪探出頭，看見海倫後有些驚慌。

「又來了——」鷹頭怪喊道，「老大，抵抗呀——」

「塞布，這次我不是來進攻的！」海倫對着洞口喊，「我們抓了雷鳴，你們抓了我們的伙伴，我們交換吧！」

「是交換俘虜嗎？」洞口的鷹頭怪問道。

「對，就是這個意思。」海倫點點頭。

「噢，那你們就虧了，你們抓了那麼大一個老鷹，我們只抓住一隻小刺蝟。」鷹頭怪晃晃腦袋，「你們可要想清楚呀。」

「閃電，你這個笨蛋——」雷鳴聽到氣得渾身發顫，面前這鷹頭怪明顯叫做「閃電」，「你在害我呀！你不希望我回去嗎——」

「你們還給我們的伙伴就行，我們不算計這些。」海倫說。

「可以，現在就交換俘虜，你們不許耍花樣！」塞布站在洞口，盯着海倫。

「不會耍花樣。」海倫說，「快把我們的伙伴放出來……湯姆斯，把雷鳴帶過來。」

湯姆斯把雷鳴從樹後拉出來，帶到海倫身邊，同時警覺地看着塞布。

另一隻不知道叫什麼名字的鷹頭怪，抓着餓了走到了山洞口，把餓了放在地上。

「你們違反日內瓦戰俘公約，你們虐待戰俘，我剛才都沒有

50

喝上熱湯，我餓了……」餓了大聲地抱怨着。

「我數到三，一起放人。」塞布對着海倫大喊着。

海倫點點頭，湯姆斯已經解開了捆妖繩。

「一……二……二點五……三……」塞布喊道。

「噢，你就是這麼唸數字的嗎？」餓了看看塞布，「你的數學是什麼老師教的？」

「去——」餓了身後的鷹頭怪，一腳就把餓了踢了過去。

這邊，湯姆斯猛推雷鳴一把，雷鳴快速跑向山洞口。

餓了被踢回來後在地上翻滾了兩下，雷鳴到了山洞口，一把揪住閃電。

「閃電，你剛才說什麼？把我換回來他們就吃虧了？你為什麼不希望我被換回來？」雷鳴怒吼者，隨即一爪子抓向閃電。

「啊！你敢打我——」閃電毫不示弱，伸出

爪子反抓回去反擊。

雷鳴和閃電在山洞口打了起來，塞布和另一個鷹頭怪連忙把他們拉開。

「海倫，嗨，早上好，好久不見。」餓了從地上爬起來，「我不在的日子裏，你們都好吧？」

「夠了，餓了，你才被抓走幾分鐘呀。」海倫擺擺手。

山洞口這裏，塞布抓着雷鳴，另一個鷹頭怪拉着閃電，塞布很是生氣。

「都説了，不要再打了！」塞布用力地把雷鳴推到一邊，「敢不聽我的話了嗎？剛才你們要是不打架，我們一起衝出去多好！」

「啊，老大，我都忘了，我們可以衝出去呀。」閃電叫起來，「都怪雷鳴，是雷鳴先打我的。」

「它剛才提醒魔法師，放了我就吃虧了！」雷鳴指着閃電，還是氣呼呼的。

「你們這兩個笨蛋，這麼大聲說話，都暴露我們的意圖了！」塞布激動地揮着翅膀，喊道。

「老大，是你的聲音最大。」閃電委屈地說，「而且，我們衝不出去了，你看那幾個魔法師。」

洞口前，海倫和湯姆斯、餓了，已經聽到了他們的話而嚴陣以待了，只要他們往外衝就發射凝固氣流彈。

塞布把頭往外探了一下，看到了海倫和湯姆斯，連忙又把頭縮回去。

第五章

大無臉魔不見了

「魔法師，還有魔法師的弟弟——」塞布對外喊道，「我看你們能在這裏等多久，你們攻不進來，我們也不出去。你們就在門口等着吧，沒吃沒喝，連澡也不能洗！」

「首先，我不是她弟弟，我只是長得小！」湯姆斯不高興地回應起來，「第二，說我們沒吃沒喝，好像你們那裏就是糧倉一樣。你們一樣沒吃沒喝，我看誰能耗得過誰！」

「哇！氣死我了——」塞布聽到這話，激動地揮着翅膀，「那個不是弟弟的魔法師，你等着！我要是衝出去，我把你揍得連你爸媽都認不出來！」

「那你就出來呀！」湯姆斯是毫不退讓。

「好了，好了。」海倫對湯姆斯擺擺手，「這樣鬥嘴可沒什麼意思，真像個小孩子。」

「這傢伙覺得我是你弟弟。」湯姆斯指着山洞口，「那不就是小孩子嗎？」

「我們是魔法警察，要時刻記着我們的任務。」海倫提醒地説，隨後壓低聲音，「山洞裏雷頓不在吧？我沒看見，你呢？」

「我也沒看見。」湯姆斯説，他看看餓了，「餓了，你都被抓進去了，看見雷頓了嗎？」

「我就進去那麼一會，還被一塊大石頭擋着視線。」餓了比畫着説，「不過我沒感覺到雷頓在裏面，裏面就三個老鷹，還有一個被你們抓走了。」

海倫點點頭，她指了指洞口，隨後走了過去。

「哇，老大，魔法師姐姐來了！」閃電驚叫起來，它一直負責觀察着山洞外。

「塞布，不要緊張，我不會進來。對於你協助我們抓住雷頓，不管出於什麼目的，我稍微表示認可……」海倫站在洞口前幾米的地方，停下

來說道。

「別自我感覺良好了！我才不會協助你們，我是要親自解決雷頓，它害了我的弟弟！」塞布情緒激動地說。

「好吧，你要親自解決雷頓，可是你解決它了嗎？它在哪裏呀？是不是早就跑了，我看你制服不了它。」海倫的話語帶了一點輕蔑。

「我制服不了它？」塞布說着，氣憤地衝了出來，站在了海倫面前，「告訴你，雷頓現在已經化成一顆魔珠了，它完蛋了！」

「魔珠？你是說那個傳聞——雷頓是由魔珠變的，融化它會變回魔珠？」海倫連忙問。

「對，這不是傳聞，這一定是真的……」

「它在哪裏融化？我不相信這是真的，另外，我相信你對付不了雷頓。別看你曾抓住了雷頓，當時它只是毫無防備，正在專心對付我們。」海倫打斷了塞布的話，「我覺得雷頓一定騙了你，它跑了，它對付你有的是辦法。」

「那就去看看呀！一天了，現在它已經融化，變成魔珠了。」塞布忽然得意起來。

「在哪裏？讓我看看……」海倫連忙説。

「等一下。」塞布擺擺手，「我們現在是和解了嗎？你們這些魔法師……」

「魔法警察。」海倫立即糾正。

「都差不多，魔法師警察。」塞布説，「你們不抓我們了嗎？」

「暫時不抓，暫時和解。」海倫説，「起碼我們抓住雷頓的想法是一致的，你們這些鷹頭怪，我知道，也沒有犯過什麼特別嚴重的罪。」

「好，暫時和解。」塞布點點頭，「那就請你們看看雷頓變成了什麼，可説好了，你們現在不能攻擊我們。」

「我還怕你們攻擊我們呢。」海倫説道。

塞布回過身去，把三個手下全都叫了出來。這邊湯姆斯和餓了也都走了過來。此時，無論雙方有着什麼樣的對立，都很想看看雷頓現在怎麼

樣了。

雷鳴和閃電一起去把無底井的井蓋上的藤條拉開，這需要使用魔法。塞布在一邊，得意地看着無底井。

「這叫無底井，說是『無底井』，大概兩百多米深，雷頓就在下面。」塞布搖頭晃腦地介紹，「我往井底投放了毒霧，有強大溶解功能，雷頓現在一定已成為一顆球，聽說還能發亮呢。你可以回去報告了，雷頓被消滅了，不過不是你消滅的，是我——塞布，是塞布消滅的！」

海倫沒說話，湯姆斯和餓了都興奮地跑到無底井的井邊。

井蓋上的藤條需要魔法才能被移開，雷鳴唸了魔法口訣，幾根藤條都被抽走。閃電把井蓋慢慢打開。

「能發光的魔珠，哈哈哈……」塞布先把頭探進井口，「在哪裏呢……」

塞布把頭縮了回來，它不再得意，表情變得

很複雜。海倫和湯姆斯一起把頭伸進井口，井下黑壓壓的，沒有任何亮光。

「亮光球——」海倫唸了句魔法口訣，一枚亮光球出現在井口上。

海倫引導着亮光球進入井中，亮光球一路向下，很快就來到了井底的位置，海倫開啟了遠視眼，就是能看很遠處的視覺，但是井底除了一些翻騰的白色霧氣，什麼都沒有。

「你自己看看，雷頓在哪裏？」海倫説着拉了拉塞布。

「我……」塞布完全語塞了，鷹頭怪視力極好，更能看清黑暗中的物體，剛才塞布第一眼看下去，什麼都沒有發現，它已經慌張了。

塞布又看了看井底，隨後，雷鳴和閃電也伸頭看了看，另外一隻不知道名字的鷹頭怪也看了看。井底什麼都沒有，大無臉魔和大黑狼都不見了！

「老大，完了，雷頓跑了！」雷鳴轉頭看

看塞布，「不可能呀，井蓋一直蓋着的，藤條壓着，從裏面根本就打不開，再有魔力也打不開。」

「我知道，就你能看到井底嗎？」塞布氣急敗壞地吼叫起來，「我也看見了……」

「你們確實把雷頓扔進去了嗎？」海倫問道。

「當然，我看着雷頓被扔進去的，還有那隻大黑狼。」塞布說道，「我事先在井裏放了毒霧，雷頓掉下去，一天就能被完全融化。你們就算不來，今天我們也要打開井蓋把魔珠取出來的，可是這……」

「你們這些魔怪，就是不會辦事。雷頓的魔力，完全能抗擊毒霧。」湯姆斯沒好氣地說，「這下好了，你好不容易抓住的雷頓跑了，我們還得去找。」

「可是雷頓怎麼跑的呢？」海倫還是百思不解的，不過雷頓確實不在井裏。

　　塞布氣得開始在一邊踱步，它來回走着，情緒也越來越激動。

　　「你以為我們找到雷頓容易嗎？我們找得很辛苦。」塞布説着指了指那個話很少、也沒有報上名字的鷹頭怪，「找到雷頓全靠它——加布里，它年年在天上飛，就是找雷頓。在憂傷谷上空，發現小無臉魔奧古斯丁的就是它！我們以為抓住小無臉魔就能找到雷頓，結果抓到的是你們，還和你們打了一仗。後來我們終於有了線報，還是加布里在亞伯丁那一大片地方，鎖定了雷頓，正好你們和雷頓開打，我們順手把雷頓抓來，可就這麼沒了。哎，真是白辛苦了。」

　　「我們就要抓住雷頓了，你憑什麼搞偷襲

把它抓走？」湯姆斯喊了起來，「就憑你們幾個，打得過雷頓嗎？要不是我們已經把雷頓打得半死，你們才沒有機會呢⋯⋯」

餓了跟着湯姆斯，指責塞布。雷鳴和閃電則衝上來對着湯姆斯和餓了大喊大叫，雙方吵了起來。

「魔法師，我們老大的弟弟都是被雷頓害了的⋯⋯」雷鳴越説越激動，它突然揮動翅膀，拍擊湯姆斯。

「你還敢動手——」湯姆斯大喊一聲，隨機出拳。

閃電過來幫忙，湯姆斯和雷鳴、閃電打了起來，餓了立即助戰。這時，就聽「砰」的一聲巨響，井口那裏，彈出什麼東西。湯姆斯他們在距離井口十多米的地方打來打去，自從看到井底沒有雷頓後，大家都早已不在意那口井了。

井口的巨響吸引了大家，湯姆斯他們全都停手了。井口那裏，雷頓和大黑狼彈射出來，他們

飛起來十多米高，然後落在地上。無論是湯姆斯他們，還是塞布它們，全都驚呆了。雷頓明明不在井裏，但是現在彈出來的，就是雷頓。

「哈哈哈——」雷頓站穩之後，狂笑起來，「沒想到呀……鷹頭怪、魔法警察，你們居然聯合在一起，不過剛才是不是又打架了？」

「雷頓——」餓了第一個喊道，牠激動地指着雷頓，「打呀——」

海倫和湯姆斯，塞布和雷鳴、閃電以及加布里，一起衝向雷頓。雷頓看了看他們，冷笑一聲，抱起大黑狼庫卡，轉過身去，縱身一躍，一下就飛躍出去。

　　「啊？」海倫驚叫一聲，同時在懸崖邊站住了腳，腳下就是崖壁深淵。

　　「到我的後背來，追──」塞布大喊了一聲，隨後躬下身子，準備起飛。

　　海倫飛快地跳到了塞布後背上，加布里也展開翅膀，俯下身子，湯姆斯和餓了跳到了它的後背上。

　　塞布和加布里飛了出去，雷鳴和閃電跟在後面。前方，雷頓抱着庫卡快速向地面俯衝。

　　「射擊──射擊──」塞布大聲提醒道。

　　兩道電光飛向塞布，這是海倫發射的。雷頓感到了身後的電光來襲，它低頭躲過了一道電光，另外一道電光直接命中雷頓的腰部。雷頓慘叫一聲，身體擺了擺，差點掉落，不過它隨即調

64

整好，沿着原有的滑翔降落軌跡前進。

「嗖——嗖——」湯姆斯在加布里背後射出兩枚凝固氣流彈，第一枚在雷頓身後炸響，第二枚在雷頓身前炸響。雷頓開始左右擺動，改變運行軌跡，躲避身後的攻擊。

「射擊——」塞布繼續喊道，提醒着後背上的海倫。

海倫其實不用塞布提醒，她一直努力地瞄準雷頓，但是雷頓很是狡猾，左躲右閃，令海倫無法瞄準。此時半空中的追擊，就像是一場空戰。

「嗖——」雷頓反射過來一道電光，擦着塞布的頭飛了過去，塞布越發氣憤，它加快了速度。

關鍵人物

鷹頭怪雷鳴

塞布的鷹頭怪部下之一，也是憂傷谷一役中的倖存者。它為人較敏感和神經質。

鷹頭怪閃電

塞布的鷹頭怪部下之一，也是憂傷谷一役中的倖存者。它為人較暴躁，而且跟雷鳴不咬弦，兩個魔怪總是爭執。

鷹頭怪加布里

塞布的鷹頭怪部下之一，它性格較冷靜溫文，平日負責在天上飛行監視，並尋找目標人物。

關鍵證物

藍色粉末

鷹頭怪的隨身法寶，有中和作用。塞布本來計劃用毒霧把雷頓在井底融化後，就用這些粉末來把毒霧中和成普通的霧氣。但是，計劃最後為什麼會失敗呢？

第六章

藏身洞

雷頓的飛行能力，顯然不可能和鷹頭怪相比，它從山頂也是向下滑行，並不是在空中飛行，它在地面作戰才是強項。眼看它就要落在地面，海倫很着急，抓捕它又要費很大力氣。

湯姆斯連續射出三枚凝固氣流彈，兩枚在雷頓身邊爆炸，最後一枚命中了雷頓的腰部，雷頓被炸得彈了起來。不過它距離地面也只有五米了，雷頓彈起來後，直接落在地面上，它把庫卡扔在地上，自己翻滾了十幾米，站了起來。

雷頓身後，鷹頭怪落地，海倫從塞布的後背跳了下來，湯姆斯和餓了也從加布里的後背跳下來。他們一起衝向雷頓，半空中，雷鳴和閃電也俯衝向雷頓。

「噢，真沒想到，我們和鷹頭怪一同作戰。」餓了看看俯衝的雷鳴和閃電，感慨起來。

雷頓用拳頭擋開雷鳴和閃電的鷹爪攻擊，開始向前奔逃，它降落的地方是森林中的一小片空地，此刻它明顯想鑽進林中逃跑。海倫和湯姆斯緊隨其後，雷頓向身後射出幾道閃電，隨即鑽進樹林。

「庫卡——犧牲你自己——掩護我——」雷頓大喊起來。

海倫和湯姆斯緊追不捨，這時，一直跟在雷頓身邊的大黑狼庫卡停了下來，它轉身，站在地上，兇狠的眼神瞪着海倫。

海倫一愣，湯姆斯也是，不過他們隨即衝上去，要抓住雷頓，看來先要收拾這個攔路的庫卡。

庫卡晃了晃身體，它的身體忽然就長大了十幾倍，不僅僅攔住了地面上的海倫和湯姆斯，伸出手抓擋住了半空中的雷鳴和閃電，它一揮手，狠狠地把雷鳴打落在地上。

庫卡另一隻手，從地面上掃過來，海倫和湯姆斯立即原地起跳，躲過了攻擊。

「庫卡！守在那裏——」森林裏，傳出來雷頓的聲音。

庫卡張牙舞爪，它身體巨大，兩個手爪揮舞起來都帶着巨大的風聲。湯姆斯起跳落地後，向

前衝了兩步。

「暴風鐵拳——」湯姆斯唸了一句魔法口訣，雙臂同時變得像鋼鐵一般，他揮拳狠狠地砸向庫卡的右後腿。

「吭」的一聲，湯姆斯的暴風鐵拳砸進了庫卡那巨大的腿中，發出一聲類似氣球爆破的巨響。庫卡的腿就像是破開的氣球，一股巨大的氣體噴出來，隨後，那條腿開始變得乾癟，同時坍陷下去。庫卡頓時身體一歪，倒了下來。

海倫向後退了幾米，避免被庫卡砸中，她揮手對着庫卡的身體射出兩道閃電，擊穿了庫卡的身體。庫卡被擊中的地方，開始猛烈放氣，它的身體變得越來越小。

塞布居高臨下，一個俯衝，手爪狠狠地抓中了庫卡的身體，庫卡慘叫一聲，它的頭頓時也垂下來了。

完全癱軟在地的庫卡，身體恢復成原貌，同時也完全沒有了氣息。餓了衝過去，看了看庫

卡。

「它已經完了。」餓了説道。

「雷頓這是利用了它，掩護了自己。」海倫
説着看看遠處的森林，「現在再去找雷頓，就難
了。」

湯姆斯追出去十幾米，停了下來，哪裏還有
雷頓的影子。雷鳴和閃電在空中盤旋了一圈，什
麼都沒有發現，也是無奈地落了下來。

「老大，雷頓跑了。」雷鳴落地後，對塞布
説道。

「知道，我知道！又給它跑了！」塞布氣呼
呼地説，「我們被它耍了，這傢伙太狡猾了，比
我還狡猾！」

「老大，要説狡猾，你真比它差遠了。」閃
電説道。

「塞布，帶我們回去。」海倫走過來，手指
着奇蘭山的山頂。

「幹什麼？」塞布問道。

「看看雷頓是怎麼跑的，看看你設計的什麼深井，居然給它跑了，我真懷疑你是故意放跑雷頓的。」海倫的話語充滿了怨氣。

「不可能！雷頓殺了我的弟弟。」塞布說着低下身子，它同意海倫跳到它的後背上，「都說了，雷頓很狡猾，我在狡猾這方面還要加強學習。」

雷頓背着海倫，加布里背着湯姆斯和餓了，它們又飛回到了奇蘭山的山頂。

「噢，這次上山，沒有碰到閃電光圈，啊，就是你們設計的那個機關。」山頂上，餓了和湯姆斯從加布里後背跳下來後，說道。

「山頂防攀爬機關不是被你們給炸爛了嗎？」一起落在山頂的雷鳴說，「還沒要你們賠償呢。」

「噢，這是國家森林公園，你們憑什麼設計機關？下面森林裏的迷路機關也是你們幹的吧？」餓了又問道。

「是，可也沒有防住你們呀。」雷鳴説，「你們是怎麼進來的呀？設計迷路機關我們可花了不少心思。」

「我們可是魔法警察呀。」餓了搖頭晃腦地説，「你們這點小把戲，實在是小意思，不在話下……」

餓了和雷鳴説話的時候，海倫和湯姆斯已經直奔那口無底井，他倆趴在井口，看着下面，下面的亮光球還在那裏發亮，井底被照射得非常清晰。

「它是怎麼跑出來的呢？我們都看了井底了，它不在呀。」塞布站在兩人身後，很是疑惑地説。

「塞布，把井底的毒霧清除，我要下去看看。」海倫扭頭，看看塞布，「我覺得下面沒那麼簡單。」

「清除毒霧，倒是簡單。」塞布點點頭。

塞布讓閃電去山洞裏，取來一個罐子。罐子

裏是藍色的粉末，塞布把藍色粉末全部倒進井底，這樣藍色粉末就和井底的毒霧進行中和反應，毒霧就變成了普通的霧氣，慢慢被蒸發了。這也是塞布早就準備好的，它本來想把雷頓變成魔珠後，自己下去把魔珠拿上來，如果井底都是毒霧，它自己也下不去。只不過這種中和反應需要半小時的時間。

半小時過後，海倫看了看井底，之前的白色霧氣，確實不見了。海倫決定立即就下去，她站了起來，唸了句魔法口訣。

「輕輕的我，輕輕的下。」

海倫的身體隨着魔法口訣，忽然就懸浮起來，她的身體移動到了井口的正上方，慢慢地下降，進到了井裏。這口深井的直徑大概有一米，

海倫進去也不覺得擠迫。

「噢，你姐姐真是一個科學家，她什麼事都要弄明白。」閃電看看湯姆斯，「這種精神就是探索精神呀。」

「我說了，她不是我姐姐，我只是不小心把自己弄成這個樣子，我其實比她還要大一些。」湯姆斯情緒激動起來。

「噢，隨便啦。」閃電滿不在乎地說。

「怎麼樣——有危險就快點上來——」餓了對着井裏喊道，此時海倫下降了有一百米了。

「我很好——」海倫的聲音傳了上來。

「本來我想下去的，可是我的翅膀展不開。」雷鳴對餓了說。

「你是害怕吧。」閃電不屑地說。

「你不害怕嗎？那你下去！」雷鳴立即瞪着閃電。

「我也是鷹頭怪，我也有翅膀，我的翅膀也展不開。」閃電說着，推操了雷鳴一下。

雷鳴很生氣，反手就要攻擊閃電，塞布和湯姆斯把它倆拉開。

　　「它倆一直這樣嗎？」湯姆斯說，「真的像雷鳴閃電，太吵了……」

　　「基本上就這樣吧，你才和它倆待了多長時間呀？我們都習慣了。」塞布的語氣充滿了無奈，「我們鷹頭怪的脾氣都不是很好。」

　　「好好的，為什麼不當一隻正常的老鷹呢？偏要當魔怪。」湯姆斯勸阻地說。

　　「嗯？」塞布先是一愣，「哼，我們鷹頭怪，生下來就是魔怪，不是嗎？」

　　湯姆斯剛想說什麼，井底忽然傳來海倫的喊聲。

　　「有問題，發現問題了──」

　　「什麼情況──」湯姆斯把頭探進井裏，高聲喊道。

　　「等一會，等我上來再說──」海倫的聲音又傳了上來。

「還是我們魔法警察可靠，我們能發現任何問題。」餓了看了看塞布，比畫着説，「雖然我還不知道下面究竟發生了什麼問題。」

大家都圍在井邊，雷鳴和閃電也顧不得吵架了。幾分鐘後，海倫從井口一躍而出。

「怎麼樣？」湯姆斯急着問。

「距離井底兩米的地方，井壁上，被雷頓開了一個洞，完全能藏進它和大黑狼庫卡的身體，這樣我們直着往下看，根本就沒想到，也看不到井壁上有個洞。」海倫比畫着説，「雷頓很狡猾，開洞產生的石塊全都被它塞進到洞裏，所以我們看到的井底是平整的，沒有任何雜物。」

「我明白了，雷頓就等着我們打開井蓋呢。如果打開井蓋發現下面什麼都沒有，也就不會有人再封上井蓋了。」湯姆斯恍然大悟地説。

「可是井底有毒霧，井壁上我塗抹了防止開挖的魔藥，我就怕它把井壁挖通跑掉。」塞布激動地説，「這不可能，這不可能……」

「塞布，這口井是你專門為雷頓挖的嗎？」海倫問。

「算是吧，以前確實是一口井，不過不深，也被廢棄了，我們用魔力挖了兩百米深，就是用來對付雷頓的。因為它是狠角色，一般的囚籠或牢房根本就關不住它。」塞布表情很複雜，很懊惱。

「首先，毒霧對雷頓沒作用，其次，雷頓擊破了井壁的魔藥塗層，開挖了一個藏身洞。」海倫語氣沉重地說，「這說明它的確魔力強大，塞布，你還是沒有防住它。」

「它狡猾呀，我真是沒想到它會在井壁上挖洞。」塞布叫喊起來，忽然想到了什麼，「啊，魔法師們……」

「我們是魔法警察。」湯姆斯立即糾正道。

「隨便啦，都一樣。」塞布擺擺手，「你們也沒想到呀，一樣被雷頓騙了。」

「老大說得對。」閃電激動起來，「你們不

78

是一直都很厲害嗎？照樣被騙了。」

「我們確實有失誤。」海倫點點頭，「無論如何，雷頓跑了，再去抓它可就難了……我說，加布里，幾次找到無臉魔的都是你吧？你還能繼續找嗎？」

「這個……這次找到雷頓，是我們老大有了線報，但是這個線人不能説。」加布里説着搖了搖頭。

「對，不能説。」塞布點了點頭，「我們還沒有那麼熟吧？憑什麼都要告訴你們。」

「塞布，現在也不知道去哪裏找雷頓了，雷頓的事暫時先放一會，下面要説説你們……」海倫走到塞布身邊，認真地説。

「説我們？説什麼？」塞布先是一愣，隨後問道。

「你們幾個，今後就要永遠在這個異域鷹巢生活下去嗎？永遠被魔法師和魔法警察追蹤嗎？」海倫看着塞布的眼睛，嚴肅地問。

塞布瞪大眼睛，看着海倫。現場的氣氛頓時緊張起來，餓了和湯姆斯都站在海倫身邊。雷鳴和閃電、加布里，全都走到了塞布身邊，雙方開始對峙了。

第七章

透明牆來襲

　　「這樣的日子，什麼時候才完結呢？你們能躲藏一輩子嗎？雷頓剛才不也差點被我們抓住，只是被你們給弄走了。你們下山，去格拉斯哥警察局魔法警察處自首吧……」海倫繼續說道。

　　「嗨，魔法警察，我以為我們是朋友了，原來不是。有誰會勸朋友去自首呢？」雷鳴指着海倫，喊道。

　　「我會，只要是為了你們好，誰都會！」海倫有些激動，「聽着，你們幾個，本身沒什麼特別嚴重的罪行，伯明翰第一銀行的運鈔車搶劫案，是你們做的吧？這是你們最嚴重的罪行了，沒錯，自首後你們會被關押和判刑，但是出來以後，你們就能重新做一隻老鷹，永遠不再會被抓捕，不用在森林裏設迷宮，也不用在山頂周圍埋設防止攀爬的放電光圈，每天在藍天翱翔，這是

怎樣的愉快生活呀……」

「哇──聽上去很不錯──」閃電揮舞着翅膀，看看塞布，「老大，要不要揍他們？」

「到一邊去──」塞布不客氣地把閃電一把推開，它瞪着海倫，「可是，你們魔法師抓了我的另一個弟弟，它被關押在倫敦……」

「再過一年，它就刑滿從魔怪監獄裏放出來了，只要它不再犯罪，不會再有任何人去抓它。」湯姆斯在一邊説，「我們希望你和它也一樣。」

「我的幾個手下，在憂傷谷被你們殺了，這怎麼説？我還要為手下報仇呢！」雷頓又露出了兇狠的表情。

「它們的情況，當時如果沒人救治，就在那裏躺着，一定會全部死亡；但我們的魔法師趕去後，竭盡全力搶救，把它們從死亡邊緣拉了回來，這些你都不知道嗎？」海倫義正辭嚴地説。

「哇，這麼説，原來我們的手足『小雷鳴』和『小閃電』都活着！」雷鳴聽到海倫的話，頓時激動起來，「這真是太好了！」

「它們都活着，只不過都在魔怪監獄裏，再過兩年，它們就會被釋放了。」海倫説，「如果不相信，我可以安排你們視頻連線。」

「不用了。」塞布擺擺手，它走到海倫身邊，上下看着她，海倫多少有些緊張起來，「我們……相信你們，可以按照你説的去做。」

海倫長出一口氣，湯姆斯和餓了也很高興，不過顯然更高興的是雷鳴、閃電和加布里。

「老大，這個魔法師的建議其實真不錯，今後我們就不用東躲西藏了，我真是受夠了這種日子了。」雷鳴激動地説。

「那你不早説？」塞布問道。

「不是怕老大你不同意嗎？」雷鳴尷尬地笑了笑。

「我不要和雷鳴住在一個監牢裏，我受不了

這傢伙，太囉嗦，總是針對我。」閃電此時開始謀劃未來的日子了。

「我還不要和你住一起呢。」雷鳴轉身看看海倫，「魔法警察，你們不會判我們很重的刑期，對嗎？」

「依目前你們的罪行，不是很重，關鍵是你們這次是自首，會減輕處罰。」海倫解釋地說。

「太好了。」雷鳴扇了扇翅膀，「老大，那我們就快點去自首呀，現在就去。」

「好像有個什麼聲音。」一直沒怎麼說話的加布里突然警覺起來，它站立的位置最靠近山頂邊緣。

「怎麼了？」海倫向山頂邊緣走去，似乎也聽到了什麼聲音。

海倫走到山頂邊緣，正要伸頭往下看。「轟」的一聲巨響，一道閃光從山頂邊緣劃過，並發出巨大聲響，就像是爆炸了一樣，海倫的身體當即就被彈了起來，湯姆斯和塞布連忙上前兩

步，接住被彈射過來的海倫。

山頂平台四周，豎立起來一堵幾乎透明的牆體，最重要的是這個牆體還有個蓋子，牢牢地蓋在牆體上，這個蓋子很厚，也是幾乎透明的。

「啊，這是怎麼回事？」雷鳴說着衝着牆壁就跑過去，它的身體重重地撞到了牆體上，但是立即被彈了回來。

山頂上的大家全都一驚，看起來他們被包裹在這透明牆的牆體裏了，閃電向牆體射出兩道電光，但是電光一射中牆體，頓時被彈開。

「這類似於我們魔法師的無影鋼鐵牆，這很難打破。」海倫站好後，慢慢向牆體走去，她伸手，小心地摸着牆體，說道。

塞布它們也都來到牆體邊，塞布推了推牆體，根本就推不動。這時，透明牆外，兩個無臉魔各自騎着一根樹枝，飛了上來，它們在牆體外，得意地看着裏面的人。

「啊，是雷頓和奧古斯丁！」湯姆斯驚叫起來。

兩個無臉魔，的確就是雷頓和奧古斯丁，奧古斯丁就是曾經兩次逃脫的小無臉魔。海倫知道，大無臉魔雷頓和小無臉魔之間都沒有見過面，它們中間有個連線搭橋的中無臉魔，不知道雷頓怎麼會和奧古斯丁在一起。

「雷頓！這是你搞的鬼——」湯姆斯指着雷頓喊道。

透明牆外，雷頓伸出一根手指，擺了擺，意思是自己聽不見。它突然張嘴，嘴唇很明顯地開合，在説着什麼。

「唇語，它在使用唇語。」海倫説道，「現在我們相互間是聽不見的。」

海倫説完，也開始用唇語和雷頓對話。雷頓邊説邊笑，那得

意的樣子誰都能看得出來。

「它意思是要讓我們都去死。」海倫轉頭，看了看大家，「剛才它並沒有想着跑遠，就想着回來報復我們。」

「那就讓他攻進來呀，看看誰要去死！」餓了說着，向着雷頓比畫着，「你來呀，雷頓！我這一身的刺，都為你準備好了。」

「它不會攻進來，要看着我們死。」海倫指了指頭頂，「我們的頭頂和四周被完全封閉了，空氣會越來越稀薄，直至沒有，它要看着我們全都在這裏憋死。」

「啊！這太惡毒了——」雷鳴大喊起來，「撞開這個蓋子——」

「小點聲，不要喊。」閃電連忙拉住雷鳴，「你這麼喊，消耗大家的空氣，我們就要被憋死了。」

雷鳴頓時不喊了，惶恐地看着大家。

「我就知道雷頓是不會善罷甘休的。」塞布

走到海倫身邊，「下一步我們該怎麼辦？」

「先減少運動。」海倫說着看看大家，「不要來回走，要省下來力氣，我估計這裏的空氣還能維持半個小時。」

「我要死了……」雷鳴聽到這句話，躺倒地上。

「我也是，半小時以後。」閃電跟着躺在地上。

「看你倆這個樣子！」餓了很生氣，「我們一定能衝出去的。」

「怎麼衝呀？」雷鳴有氣無力地問。

「怎麼衝？」餓了想了想，看了看海倫，「怎麼衝出去呀？」

海倫沒有回答，只是看了看牆體外的雷頓，雷頓和奧古斯丁都在外面，得意地看着海倫他們。

海倫轉身，背對着雷頓。

「聽我說，我接下來不管說什麼，你們都不

要有什麼表情，我背對着雷頓，就是因為它能讀懂唇語。」

塞布它們看着海倫，不知道她要説什麼。只有湯姆斯和餓了，明顯感到海倫有辦法了。海倫告訴大家——逃生辦法有一個，還是雷頓提供的！

第八章

飛行樹枝

海倫的辦法就是山洞口旁的深井，雷頓在井底打了一個藏身洞，只要沿着這個藏身洞往外挖，就能挖通山體，從山下逃出。

這辦法頓時鼓舞了大家，不過海倫有了提示——大家全都沒什麼表情，雷鳴和閃電甚至表現出更痛苦的表情。當然這是演戲給雷頓看的，餓了表現得更加過度，居然在地上痛苦地打滾，最後被湯姆斯給制止住了。

「現在我和湯姆斯去井下挖洞，其他人要配合我，你們到另一邊去，裝作去破壞這堵牆，把雷頓引開，我們就能去井下挖洞了。一切都要快，能維持我們生命的空氣不多了。」海倫說完，回頭看了看雷頓。

塞布跑過來，背對着雷頓。

「好了，全聽這個魔法師的，你們全都和我

過去！」塞布説着指了指對面。

雷頓和奧古斯丁一直在牆體外，看着海倫他們在裏面急得團團轉。

「雷頓首領，放心吧，他們死定了，你這個封山頂的辦法就是管用。」奧古斯丁騎着樹枝，在空中蕩來蕩去，「噢，雷頓首領，真沒想到你能親自帶領我，我以為只能見到中無臉魔『科尼』呢……」

「不要囉嗦，小心，它們全都到另一邊去了。」雷頓忽然説。

塞布帶着大家，一起向對面跑去，來到山頂的另一側，塞布對着牆體就射出兩道電光，電光被牆體彈開。

雷鳴抓起一大塊石頭，對着牆體就狠狠地砸了下去，石頭當即就被彈飛。雷鳴不死心，又撿起石頭砸過去。

雷頓和奧古斯丁騎着樹枝，繞着牆體來到山頂的另外一側，看見塞布等不懈地破壞着透明牆

的牆體，它倆全都笑了起來。

「沒用的，鷹頭怪可真笨，用石頭砸能砸開嗎？用大炮轟都轟不開啊！」奧古斯丁搖頭晃腦地說。

「那也要小心它們耍什麼花樣打開這道牆。」雷頓陰冷地說。

「是，雷頓首領。」奧古斯丁點點頭。

塞布它們繼續「表演」，海倫和湯姆斯一起跑向井口，井口這裏正好有幾棵樹，也阻攔住從外面看向這裏的視線。海倫和湯姆斯各唸一句魔法口訣，跳進井裏。他們平穩地向下移動，很快就到了洞底。

「山頂被罩住，這裏空氣更稀薄了。」湯姆斯一下去就感到呼吸不暢。

「所以一定要快。」海倫已經點亮了亮光球，把井底照射得亮如白晝。

在亮光球照射下，湯姆斯看清楚了雷頓打開的藏身壁洞，井壁本身被塞布用魔藥封住，一般

人很難打開。雷頓挖開了井壁，這倒為海倫他們創造了機會來打通通道。

由於壁洞距離地面兩米，海倫讓自己的身體懸浮起來，湯姆斯也是一樣。海倫看看壁洞，對着裏面的岩石山體，緊緊背靠着井壁，猛地推出兩顆凝固氣流彈。氣流彈撞擊岩石後爆炸，石塊從洞口飛濺出來。

因為此處距離地面兩百米，而且爆炸位置又在壁洞之中，發出的聲響傳到山頂，山頂又有透明牆包裹，所以塞布它們只能聽到一點，外面的雷頓和奧古斯丁則完全聽不到。

井底，海倫爆破岩石後，湯姆斯跟上，他發射了三顆凝固氣流彈，把裏面的岩石炸得崩塌飛濺。海倫跟湯姆斯說，她估算此處距離奇蘭山最外山體有十五米的距離，炸穿這十五米的岩石，他們就能逃出去。

山頂上，塞布它們「表演」了十分鐘後，全都沒了力氣，這並不是體能問題，而是它們已經

明顯感到空氣越來越稀薄了。只有餓了，還在用後背上的刺在猛插透明牆。

「這小刺蝟，真夠賣力的。」透明牆外，奧古斯丁看看雷頓，「雷頓首領，這小刺蝟好像叫『餓了』，我看牠一點也不餓呀，牠很有力氣，哈哈哈⋯⋯」

雷頓微微一笑，此時的它是真的開心，它的手段就要得逞了。

深井裏，空氣愈加稀薄，凝固氣流彈爆炸產生的霧氣加劇了這個情況，海倫和本傑明輪番發起火力攻擊，兩人體能消耗極大，呼吸困難。

「海倫，你上去吧，上去感覺會好一些，我來爆破。」湯姆斯等到發射爆破的間隙，對海倫說道。

「不用，再堅持一下，估計還有五米。」海倫輕輕地說，「少說話⋯⋯」

海倫說完，站到洞壁前，此時她和湯姆斯的

腳下，已經堆滿了炸出來的碎石，不用魔法懸浮了。洞壁裏也堆滿了炸掉的岩石。海倫對着前方又發射了兩顆凝固氣流彈，然後躲在一邊，爆炸聲過後，碎石飛了出來，再這樣下去，炸出來的碎石都能把洞口覆蓋住了，不過好在湯姆斯用魔法把不少碎石推出井口，落在井口邊，否則這裏早就被碎石覆蓋住了。

山頂上，塞布和幾個手下，全都躺在地上，艱難地呼吸。

「這下不用去坐牢了，直接死在這裏了。」雷鳴看看塞布，「老大，我要是死在這裏，不要和閃電埋在一起。」

「老大我也許比你先死了呢，到時候你來埋我，我和誰埋一起都可以。」塞布的聲音微弱。

「雷鳴，你就這麼討厭我嗎？」閃電喃喃地説，「我其實沒有那麼討厭你，我就是總想把你狠狠揍一頓。你要是像加布里那樣安靜，該有多

好。」

「這不比討厭我還厲害嘛？」雷鳴説，「算了，都要死了，不和你吵，原諒你了……你看看，小刺蝟還在那裏表演呢，沒用的……」

餓了還在用後背上的刺去插透明牆，牠也漸漸沒了力氣。忽然，餓了倒了下去，牠完全沒力氣了。

透明牆外，看到餓了倒下，奧古斯丁和雷頓狂笑起來。

「真是自不量力呀，這麼小的刺蝟，連那些大老鷹都放棄了。」奧古斯丁看看雷頓，「雷頓首領，他們全都完了。」

「好像還缺兩個，就是那個海倫和湯姆斯。」雷頓説，「沒看見他倆。」

「也許在那一邊，根本沒過來，也許在山洞裏。」奧古斯丁説，它指了指山洞。

「你去那邊看一看，海倫和湯姆斯是魔法警察，他倆可狡猾呢。」雷頓命令道。

奧古斯丁答應一聲，騎着樹枝就飛到另外一邊，它向透明牆裏看了看，沒看到海倫和湯姆斯，於是騎着樹枝返回。就在它走後三秒，它腳下兩百米的地方，一塊面積一平方米的山體被炸開，碎石飛濺，落在山崖下。

奧古斯丁根本就沒有在意，即使它隱隱聽到腳下有聲響。它飛到雷頓身邊，報告沒有看到海倫和湯姆斯，但是它堅持認為兩人只是在山洞裏。雷頓點了點頭，它知道那個山洞是塞布和幾個手下的房間，海倫和湯姆斯躲在裏面，是完全可能的。

透明牆裏的山頂上，因為海倫和湯姆斯剛剛炸穿了山體，一股新鮮空氣透過深井進入，塞布它們全都感覺到了，並且開始貪婪地呼吸新鮮空氣。

「塞布，通道已經打通了，你們先躺在那裏，不要表現出來。」湯姆斯的頭露出井口，遠遠地看到了塞布，他喊道。

「明白。」塞布说，「下一步該怎麼辦？」

「一分鐘後，留下一個，其餘的全都進山洞，然後從靠近井口的地方出來，這裏有幾棵樹，可以擋住雷頓的視線，不被發現。」湯姆斯说，「你們來了以後就下井，背着我和海倫飛出去，這次一定要狠狠教訓那個雷頓！」

「好的。」塞布说，它看了看身邊的幾個手下，「加布里，你先留下，我們都衝出去後，你再出去。」

「是，老大。」平靜又冷靜的加布里说，剛才最為緊張的時刻，它也表現得很安穩。

這時，餓了吸進大量新鮮空氣，完全醒了，牠坐了起來。

「啊呀，我好像睡了一覺，我夢見井下的通道被打通了。」餓了说着，居然伸個懶腰，把透明牆外的雷頓都嚇到了，好在雷頓聽不見牠在说什麼，牠又是背對雷頓的，雷頓也讀不出牠的唇語。

「餓了，通道真的打通了，湯姆斯叫我們過一會先去山洞，然後再到井下，現在我們還要繼續裝暈。」塞布小心地說，此時它要站起來是完全沒問題的，但為了迷惑雷頓，它還是躺在地上。

　　「是嗎？」餓了很高興，不過聽到塞布最後那句話，牠立即伸出雙手，表情誇張。

「啊——」

餓了喊了一聲，又倒了下去。

井下的通道裏，海倫和湯姆斯清理着通道的碎石，把碎石全都往山下扔，一會塞布它們就可以很順暢地出來。

塞布它們又在地上躺了一分鐘，隨後，塞布微微抬起身子，身體蹭着地面，向山洞移動。雷鳴和閃電以基本相同的方式跟着移動，餓了則在地上滾動着，加布里依舊躺在地上。

「雷頓首領，快看呀，它們都跑到……扭到山洞裏去了，它們死也想死在山洞裏！」奧古斯丁興奮地喊道，「有一個不動的，估計已經憋死了！」

「嗯，它們死在哪裏都可以，魔法警察一定也在山洞裏吧！」雷頓自信地說。

塞布它們都到了山洞裏，進去後全都站了起來，因為外面的雷頓和奧古斯丁是看不到山洞裏的情況的。

「噢，舊地重遊，剛才我在山洞裏被你們抓住，快看呀，那是壓着我的石頭。」餓了激動地比畫着說。

「不要再提那事了。」塞布用力擺擺手，「聽我説，我們從洞口右邊出去，出去後大樹可以掩護我們，我們跳進井裏去。」

塞布它們來到山洞洞口的右側，塞布先跑到一棵大樹後，雷鳴緊緊跟上，它們猛衝幾步，隨後依次跳進井裏，它們無法扇動翅膀，也是靠魔法懸浮身體後下降。

雷頓和奧古斯丁在山洞的左側那邊，看着似乎死去的加布里，根本就沒在意別的，塞布它們的轉移又有大樹的掩護，雷頓和奧古斯丁完全被蒙蔽了。深井那裏，閃電背着餓了最後跳了下去。

井底的通道裏，塞布它們和海倫會合。此時沒有時間再去商議詳盡的戰鬥方案了，塞布背起海倫，雷鳴背起湯姆斯，閃電背起餓了，旋即衝

出通道。三隻老鷹展開了翅膀，急速上升，要和雷頓決一死戰。

雷頓和奧古斯丁得意地看着躺在地上的加布里，同時盤算着什麼時間把透明牆打開。

「嗖——嗖——嗖——」一共三道筆直的電光，由下向上飛向雷頓和奧古斯丁，兩道射向雷頓，一道電光射向奧古斯丁。

「啊——」奧古斯丁被電光擊中，差點掉下去，它緊緊地抱住了樹枝。這種樹枝類似於巫師掃把，是雷頓施展了魔法到普通樹枝上，起到臨時飛行器的作用。

雷頓也被一道電光擊中，另一道電光擦着雷頓的頭飛了

過去，它猝不及防，一下就摔了下去，不過它努力抓住了飛行樹枝，身體就像是吊單槓那樣吊在空中。

　　塞布載着海倫轉眼間就飛過來，海倫又射出一道電光，雷頓慌忙一閃，隨後用力，翻身又騎到了樹枝上。另外一邊，雷鳴伸出利爪，狠狠抓向奧古斯丁，奧古斯丁閃身躲過。

憤怒的鷹頭怪

透明牆裏，加布里看到外面已經打在一起，不用再偽裝了，它站起來，拍了兩下翅膀，飛到井口，跳了下去。

山頂外，海倫他們和雷頓、奧古斯丁纏鬥在一起，雷頓和奧古斯丁當然不解他們怎麼會突然出現，但這個時候哪有時間考慮這些。它們很狡猾，背靠着透明牆和海倫他們交手，這樣就不會遭到來自身後的攻擊了。

海倫他們圍住了塞布和奧古斯丁，電光攻擊被它倆一一躲避，不但如此，還反手發射過來幾道電光。塞布越看越是着急。

「海倫，你們先停──雷鳴、閃電，燒它們──」

隨着塞布的指揮，它們三個鷹頭怪一起向後飛了十米，然後全部停下，保持懸停狀態，它們

一起張嘴，三股烈焰對着雷頓和奧古斯丁噴射過去。

雷頓和奧古斯丁一起閃開，烈焰面積很大，它倆被火焰燒到了身體，騎着飛行樹枝，一左一右飛遠了。不過塞布轉頭對着雷頓繼續噴射火焰，而雷鳴和閃電追着奧古斯丁噴射火焰。

「冰牆——」雷頓喊出一句魔法口訣，一堵厚重的透明冰牆擋在它的身後，烈焰噴在冰牆上，融化冰牆的同時，烈焰自身也開始減弱。

奧古斯丁不懂雷頓的這個魔法，它騎着飛行樹枝來到雷頓的身後，另外兩股烈焰也跟來，三股烈焰噴在冰牆上，最後冰牆完全融化了；塞布它們嘴裏噴出的烈焰越來越小，最後也不見了。

塞布它們的烈焰能量耗盡，雷頓很得意，它帶着奧古斯丁衝上來，猛地向塞布推出一股氣浪，塞布被氣浪推出去十幾米遠，後背上的海倫差點摔下去，她死死地抱着塞布的脖頸。閃電背着餓了閃躲在一邊，餓了發射出兩道很細的電

光，幫助塞布解圍。

奧古斯丁衝上去，揮動手臂，兩個乒乓球大小的發光球飛過去，擋掉了餓了射出的電光。隨後，奧古斯丁又對着雷鳴射出兩枚發光球，雷鳴後背上的湯姆斯發射過來電光，電光和發光球相遇，發出爆破的聲音。發光球被電光射穿，但是射穿發光球的電光頓時沒了力度，劃了一道弧線，掉落向地面了。

「雷頓首領，我掩護，你幹掉鷹頭怪老大！」奧古斯丁喊道。

雷頓明白奧古斯丁的意思，已經撲向塞布。塞布剛才發射烈焰消耗了很大能量，此時只能依靠後背上的海倫，但海倫在空中作戰，只能發射電光。雷頓迎着電光，左躲右閃，很快接近。

塞布突然張嘴噴火，但是噴出來的烈焰只有手指般長。它繼續噴火，但是烈焰更短。塞布慌了倒退着，雷頓突然衝上去，用飛行樹枝的頭猛戳塞布，塞布被戳中了肚子，慘叫一聲，身體一

歪，海倫掉了下去。

閃電急速飛過去接住了落下的海倫。雷頓抓住了塞布的頭，塞布掙扎着，情況危急。

這時，一股旋風從山頂下急速上升，加布里看到塞布情況危險，從井底通道上來。它在雷頓的下面，雷頓根本就沒注意加布里，奧古斯丁則在專心攻擊雷鳴。

「轟──」的一聲，加布里重重地撞在了雷頓的身上，撞擊發出轟鳴聲，雷頓就被撞出去十幾米遠，差點掉下飛行樹枝，而塞布的危機解除了。

「來晚了，老大，剛才我被卡在通道裏了，好不容易才出來。」加布里說。

「嗯，啊，小心……」塞布先是點點頭，隨後發現雷頓俯衝下來，連忙喊道。

惱羞成怒的雷頓看到是加布里把自己撞飛，呼嘯着直衝。加布里和塞布說話時，沒注意頭頂上的雷頓這麼快就衝下來。

　　加布里想躲閃，來不及了，雷頓的雙手各自射出一道閃電，擊中了加布里的脖頸，塞布連忙衝過來解圍，但是來不及了，加布里頓時癱軟，沒有了意識，直直掉落。

　　「加布里——」塞布看着掉下去的加布里，大喊起來，它想去接住加布里，但被雷頓攔住。

　　加布里掉了下去，雷鳴和閃電都被奧古斯丁糾纏着，也沒有辦法去接住加布里。此時，三隻鷹頭怪全部憤怒到極點，塞布怪叫着撲向雷頓，用利爪瘋狂地亂抓，雷頓抵抗了幾拳，重重地打在塞布身上，但是塞布就像是一點感覺都沒有似的，還是拚命地撲咬雷頓。

　　另外一邊，雷鳴和閃電全都急了，它們撲上去對着奧古斯丁就是沒命地廝打，奧古斯丁的反擊很沉重，但是雷鳴和閃電全都無感了，狂喊着撕咬奧古斯丁。海倫和湯姆斯、餓了騎在它們後背上，也只能緊緊抓着，沒辦法幫忙進攻，稍微一鬆手就可能掉下去。

奧古斯丁首先擋不住攻擊，它後退幾米，騎着飛行樹枝就跑。雷鳴和閃電也不去追，一起過去撲咬雷頓，雷頓本來就已經抵擋不住塞布不要命的進攻，此時更無法支持，所以也和奧古斯丁一樣，轉身就跑。

塞布這次根本就不去追趕，急速下降，去看已落在地上的加布里。

加布里躺在地上，身體一動不動。塞布飛過來後，立即抱起來加布里。雷鳴和閃電也都落下來，海倫他們急忙跳在地上。

「加布里——加布里——」塞布搖晃着加布里。

湯姆斯從背包裏拿出急救水，衝過去給加布里喝下。

「這是魔法師的急救水吧？我知道。」雷鳴看了看海倫，表情還是很痛苦，「可是加布里是脖頸受創，急救水也沒辦法……」

「我知道。」海倫點點頭，她也很痛苦。

喝下了急救水的加布里突然睜開眼，看了看塞布，還笑了笑。

「加布里，你醒了！」塞布興奮起來。

「老大，聽我説，今後……」加布里有氣無力地説，「做個好老鷹、好魔怪，就像大鼠仙那樣……」

「明白。」塞布用力地點着頭。

「雷鳴、閃電……」加布里看着雷鳴和閃電，「今後聽不到你們爭吵了，哎，你們多保重呀……」

「加布里——加布里——」雷鳴和閃電一起喊道。

加布里慢慢地閉上眼睛，腦袋一下就耷拉下去，它真的死了。

「加布里——」塞布撕心裂肺的喊聲響徹天空。

海倫、湯姆斯和餓了站在一邊，全都低着

頭。這時，塞布忽然站了起來，縱身一躍，起飛了。

「我去死亡空域找雷頓，等我指令！」塞布喊道。

湯姆斯和餓了一愣，沒聽明白塞布的意思。

「老大，小心呀，不行就回來──」雷鳴對着越飛越高的雷頓喊道。

「我們下來這麼長時間，雷頓不知道跑到哪裏去了。」閃電看看湯姆斯和餓了，「老大要到兩萬米高空去觀察雷頓，我們飛得越高，越能看清楚下面情況，但是兩萬米高空氧氣稀薄，對於我們來說是死亡空域，老大……它拚了！」

塞布急速向上，越飛越高，飛得高才能看得遠，它心中全是怒火，雷頓殺害了它最好的手下，它一心只想找到雷頓。升空期間，塞布也不時向雷頓逃走的方向觀察，但並沒有發現雷頓。

雷頓越飛越高，老鷹能在一萬米高空翱

翔，但是過了這個高度，一般的老鷹也會受到氧氣稀薄的影響，塞布是魔怪，飛過一萬五千米高空，也會很受影響。此時它飛過了一萬五千米，它的呼吸越來越困難，再向上飛會有生命危險，但是它仍然沒有看見雷頓。塞布努力繼續上升。

地面上，雷鳴和閃電全都做好了準備，海倫和湯姆斯、餓了已經坐在它們的後背上。鷹頭怪的視線很遠，雷鳴和閃電都能看到近兩萬米高空的塞布。

「老大，不行就下降……」雷鳴很是緊張，喃喃自語。

塞布又往上飛了一千米，它的速度降了下來，因為感到沒有力氣了，而且頭暈得屬

害，幾乎無法呼吸。它讓自己懸停，猛吸幾口氣，但好像沒什麼作用，它幾乎堅持不住了。

忽然，下方，向東方向，兩個黑點被塞布看到，它的鷹眼遠距離解析度極高——那就是雷頓和奧古斯丁！

塞布很興奮，它開始沿着雷頓和奧古斯丁逃跑的方向下降。下降了兩千米後，它鎖定住了雷頓和奧古斯丁，隨即發出一聲鷹嘯。

地面上，雷鳴和閃電聽到了嘯聲，同時也觀察到了塞布的運行軌跡，它倆立即起飛，它們明白那句嘯聲的含義，那是塞布在召喚手下。

雷鳴和閃電急速飛行，它們的運行軌跡也併攏到了雷頓和奧古斯丁逃跑的線路上。塞布由高向低，雷鳴和閃電由低向高。塞布降落到三千米的高空，這是雷頓的飛行高度；雷鳴和閃電很快也升到這個高度，和塞布在空中相遇。

塞布向前指了指，它們鎖定了前方一千多米的雷頓，一起向前追去。

「湯姆斯，一定要瞄準，把它們從空中給打下去！」海倫坐在雷鳴後背上，指着前面，對身邊坐在閃電後背上的湯姆斯喊道。

湯姆斯點點頭，他已經開始瞄準了。前面的雷頓和奧古斯丁，還沒有發現被跟上，一直向東飛。

「要是在地面上，我把它倆插得上躥下跳。」餓了也坐在閃電後背上，它看看湯姆斯說道。

「準備攻擊了！」湯姆斯說道，此時他們距離雷頓已經不足三百米了。

「嗖──嗖──」兩道比手指還要粗的電光，從海倫和湯姆斯一起射出，直直地射向雷頓身後的奧古斯丁。兩道閃電一起射進奧古斯丁的身體，它慘叫一聲，從飛行樹枝上掉了下去。

機密檔案3

關鍵人物

小無臉魔奧古斯丁

一直被稱為瘦無臉魔，雖然它較為呆笨，但曾在「憂傷谷」和「時間真慢鎮」決戰中兩次逃脫。一般情況下，大無臉魔是不會直接聯絡小無臉魔的，奧古斯丁也從未見過雷頓。它們今次為什麼會走在一起呢？（詳情見第2冊和第3冊）

關鍵證物

飛行樹枝

它本來只是普通樹枝，在雷頓的魔法效力影響下，變成可飛行的樹枝。它類似巫師的掃把，可以乘載雷頓等無臉魔飛行。但是這些臨時飛行器能夠勝過鷹頭怪的飛行能力嗎？

第十章

可疑人物

　　雷頓聽到喊聲，回頭看見海倫他們追來。這時，兩道電光正向自己射來，它猛地推出一掌，一個光球飛出去爆炸，阻攔後面的追擊。雷頓隨即操縱着飛行樹枝下降，在距離地面五百米的上空，接住了落下的奧古斯丁。

　　空中，光球爆炸的霧氣散去，雷頓和奧古斯丁已經不見了蹤影。海倫向地面方向看了看，下面有一條道路，路上車來車往。

　　「他們下去了！」海倫喊道，「我們跟下去──」

　　塞布已經向下俯衝，距離地面已經不足百米了，他們沒有看到雷頓和奧古斯丁。下面是一條公路，附近很少的房子，這不是一個人口稠密的地區。

　　大家全部降落在路邊的一塊空地上，空地不

遠處，有一個加油站，一輛汽車正在從加油站開出去。

「不會跑遠的。」塞布看看周圍，「奧古斯丁被擊中了，要是掉就掉在這個地方。」

「你們跟在後面，我們去加油站問問。」海倫指了指不遠處的加油站。

塞布和雷鳴、閃電跟着海倫。海倫和湯姆斯來到加油站，塞布它們躲在樹後，沒有走過來。

加油站有一間屋子，像是服務台，一個模樣很老的員工坐在窗後，看着外面。海倫看見了他，連忙走過去。

「嗨，加油嗎？」老年員工先開口了。

「你好，我們不是加油。」海倫說，這時，一輛車開到加油箱旁邊，似乎是要加油，「我們找人，請問你剛才看見有沒有人降落……出現在這附近，去了哪個方向？」

「噢，看見了，有兩個人，一個好像身體不舒服，被攙扶着，他倆向那邊走了。」老年員工

說着指了一個方向。

「是嗎？太好了。」海倫順着那個方向看了看，雖然沒看到雷頓，但是有方向了，「謝謝，非常感謝。」

「不客氣。」老年員工點點頭。

海倫對湯姆斯招招手，一起向樹木那邊走去。他們要去告訴塞布，然後一起追趕。

加油箱那裏，一個加油站員工擺弄着加油槍，正要給汽車加油，這個人很年輕，就像是昨天剛從學校畢業一樣。海倫他們從加油箱旁通過。

「喂——我說伙計，你等什麼？」汽車裏，司機很不耐煩地看着那個年輕員工，「快給我加油呀！你光拿着那個加油槍幹什麼？喂，你身體不好？怎麼站不住了？你怎麼有氣無力的……」

海倫他們轉頭向加油箱看去，年輕員工單手扶着加油箱，身體微微地有點顫抖。

海倫轉了一個方向，從年輕員工側面走過。

海倫低着頭，忽然，她大喊一聲。

「奧古斯丁——」

「嗯。」身體發顫的年輕員工答應一聲，不過隨即臉色一變。

海倫和湯姆斯已經衝了過來，這「員工」就是受傷的奧古斯丁，它已經完全慌了。海倫對着它就射出一道電光，奧古斯丁再次被擊中，倒在地上，並且顯出了原形。

海倫他們的目標根本就不是奧古斯丁，他們一起向加油站的那個屋子衝去，那個老年員工，不可能是這裏的員工——他就是雷頓！

老員工看到海倫和湯姆斯擊倒奧古斯丁後衝了

過來，慌忙站了起來，身體外形一下就變化成雷頓的樣子。在它的身後，有兩個加油站的員工，蹲在地上，身體瑟瑟發抖，他倆的樣貌就和剛才那個年輕員工以及老年員工一樣，果然他倆才是這個加油站真正的員工。

海倫距離屋子十米，看到了顯形的雷頓，她發射了一道電光。餓了衝到一邊，對着樹木那邊又蹦又跳地喊着。

「這裏——雷頓在這裏——」

塞布它們聽到喊聲，連忙衝過來。屋子這裏，湯姆斯一腳踢開房門，衝了進去。

湯姆斯進屋後就要動手，但是看到雷頓用手指着兩個員工，雷頓冷冷地看着湯姆斯。

「出去，否則他倆就……」

湯姆斯看到雷頓脅迫了兩個人質，無奈地後退出房間。

「救命——救命——」兩個員工看到湯姆斯，知道他是來救自己的，「小魔法師——救

命——」

「再喊就殺了你們——」雷頓轉頭，惡狠狠地說。

湯姆斯退了出來，這時，塞布帶着手下也衝了過來，雷鳴和閃電抓住了有氣無力的奧古斯丁。湯姆斯把屋子裏的情況簡單對海倫和塞布做了介紹。

海倫說因為有人質，所以不能硬闖。這時奧古斯丁被雷鳴押了過來。

「奧古斯丁，你跑不掉了！你說，你們這些小無臉魔平日不是見不到雷頓嗎？怎麼你和雷頓一起做壞事？」海倫揪着奧古斯丁的衣領，問道。

「雷頓首領突然給我打電話呀，它有我們的聯繫方式，它還給別的小無臉魔打了電話，剛好我在附近格拉斯哥，它說緊急需要幫手，我就來了。快速行進法，還耗費了我很多魔力。」奧古斯丁解釋起來，「你們不能殺我，我全都說

了……」

「誰說要殺你了？」海倫說着揪着奧古斯丁，往前走了幾步，海倫看着房間裏，「雷頓——你被包圍了！這是你的手下，奧古斯丁，你把兩個人質放了，我們把奧古斯丁還給你——」

「不要！奧古斯丁已受傷了，沒價值了！我對付你們需要幫手，但不需要累贅！」雷頓在房子裏喊道，「我有這兩個人質，你們就不敢衝進來。」

「哇——哇——」奧古斯丁大叫起來，「雷頓首領，你這樣說話真傷感情，我還是有價值的……」

海倫沒等奧古斯丁說完，把奧古斯丁揪了回來，順手一推，推給了雷鳴。雷鳴連忙抓着奧古斯丁。

「要想個辦法。」海倫小聲對湯姆斯和塞布說，「只要我們一衝，雷頓就會殺害人質。」

「它要在這裏帶着人質守一輩子嗎？」餓了比畫着説。

「它也在找機會。」海倫説，「它剛才和我們作戰，消耗了大量的魔力，正在恢復中。」

「我們不能等它恢復過來。」塞布立即説，「它恢復過來後，就會傷害人質，然後出來和我們硬拚的，這傢伙什麼事都做得出來！」

「明白。」海倫點點頭，「所以我們動作要快……」

海倫説着，看了看雷鳴那邊，雷鳴死死地抓住奧古斯丁，奧古斯丁很不滿意。

「嗨，你輕一點呀，我透不過氣了！」奧古斯丁大聲地對雷鳴抱怨，「你看不見嗎？我受了重傷，我不會跑的！我也跑不了，我剛被首領老大嫌棄了，心情很不好……」

「閉嘴，話真多──」雷鳴喊道。

「我想……我有個辦法，可以試一試。」海倫忽然説道，她一邊説，一邊看着奧古斯丁。

　　大家都很興奮。海倫讓閃電和餓了把守在房門前，她把塞布和湯姆斯拉到旁邊的一棵樹後，告訴他倆，自己的計劃就是假扮奧古斯丁。如果奧古斯丁突然脱逃後跑進小屋，塞布一定沒防範，就在它識破之前，先解救人質。

　　「那還是我來假扮奧古斯丁吧！在憂傷谷的時候海倫就曾把我變成過奧古斯丁，我有經驗。」湯姆斯連忙説。

　　「可以。」海倫點點頭，「那我們就按計劃行事……」

　　一番策劃之後，大家準備好了。奧古斯丁被帶到加油箱那裏，用捆妖繩牢牢捆住，此時的它沒有一點抵抗力了。海倫則走到房子前，和裏面的雷頓談判；海倫的身邊，只有閃電。

　　「雷頓，快點放了人質，這算是將功抵過……」海倫激動地説，「你跑不了了……」

　　「多大的功也抵不過我的罪，這一點我很清楚，你們也清楚。」雷頓冷笑起來，「你們當我

是個小孩子嗎？」

　　「哎，你倒是什麼都知道。」海倫無奈地揮揮手，「那你也不能傷害人質，我們抓住你，可以按照戰俘待遇對待你⋯⋯」

　　「你們休想抓到我。」雷頓打斷了海倫的話，「所以我也享受不了戰俘待遇，你省點力氣吧，別想和我講條件呢！現在人質在我手上，一會我休息好了，你們放開路！」

　　「你不能傷害人質⋯⋯」海倫說着，把手放到後背，做出一個行動的手勢。

第十一章 一個大秘密

十秒後，奧古斯丁突然從加油箱那裏竄了出來，它飛快地向房子這裏跑來，緊接着，雷鳴和閃電一起追了出來。

「奧古斯丁跑了——」雷鳴大喊着。

海倫一回頭，突然發現奧古斯丁跑了過來，她上前一攔，被奧古斯丁撞開。奧古斯丁轉眼就跑到房子門口。

「雷頓首領——」奧古斯丁喊道，「我來支援你了——」

這一切就發生在短短十秒內，雷頓看到奧古斯丁跑來，一愣。奧古斯丁猛地就跑到門口，雷頓連忙打開門，奧古斯丁衝了進來。

「你不是受了重傷，怎麼跑這麼快？」雷頓問道。

奧古斯丁跑進屋子裏，一下就站在兩個人質

面前，它突然就顯出真身——就是湯姆斯，不過此時它穿着的還是奧古斯丁的罩衣。兩個人質看到無臉魔變成人類的面貌，很驚喜。

　　雷頓大吃一驚，它發現奧古斯丁身材變小了，感覺不對，剛想展開攻擊。這時，餓了從罩袍的帽子裏飛了出來，猛地插向雷頓。

　　「啊——」雷頓的臉被餓了插中，餓了跳在地上，雷頓則捂着臉大叫起來。

　　「海倫——塞布——」餓了大叫着。

　　雷頓完全明白，自己被騙了。它對着一個人質就射出一道電光，湯姆斯早有準備，他推開人質，幸好沒被射中。湯姆斯

132

上前就是一拳，狠狠地打向雷頓。

　　塞布、雷鳴和閃電一起衝了過來，進門的時候，雷鳴和閃電擠在一起，誰都沒有進來，就這一兩秒的時間，雷頓縱身一躍，撞開窗戶，逃了出去。

　　海倫正好沒有進門，她看到雷頓跑了出來，轉身就衝過去，一腳踢在剛落地的雷頓身上，把它踢翻在地。本來已經衝進房子的塞布轉身出來，又和湯姆斯擠在一起。

　　雷頓看準機會，拚命奔逃，它幾步就跑到加油箱那裏，從那裏穿過馬路，前面有一片很大的樹林，它的目的就是鑽進去，躲避追捕。

　　「雷頓首領──救救我──帶我走──」靠着加油箱的奧古斯丁看到雷頓要跑，連忙喊道，它無助地伸着手，想雷頓把它拉起來。

　　雷頓根本就不理會奧古斯丁，它又往前跑了兩步。這時，「呼──呼──」的兩聲，塞布和雷鳴飛過來，越過雷頓的頭頂，落在雷頓的面

前。

「你不是有個飛行樹枝嗎？怎麼？丟了？」塞布看着雷頓，它把雙翅膀展開，攔阻這雷頓，「你以為能跑得了嗎？」

雷頓看了看身後，海倫和湯姆斯已經追了過來，看到無路可逃，它猛然想起了奧古斯丁。它用力一跳，落在奧古斯丁身邊，隨即一把拉起它，手指頂住了它的咽喉。

「你們不要過來，過來我就殺了它！」雷頓大喊着。

「首領，我是奧古斯丁！小無臉魔，你的忠實手下！你現在要殺我嗎？我成了人質嗎？」奧古斯丁絕望地喊起來。

「這是你唯一的價值了。」雷頓極其冷漠地說。

「啊，你……」奧古斯丁看看對面的海倫他們，「魔法師──救命──」

「看看，這就是魔怪。」湯姆斯說着看看

塞布，「你們今後可要當個好魔怪，別要這麼冷血……」

「雷頓，你以為我們在乎這個小無臉魔的生命嗎？它也是罪孽深重，你快點把它殺了，然後我們就殺了你！」塞布惡狠狠地說。

「沒錯，請殺了你的手下。」湯姆斯附和着，他盯着雷頓，「省得我們動手，反正你是跑不了。」

「啊——」雷頓氣得大叫起來。

雷鳴和閃電開始前進，餓了從另外一邊也開始前進，準備一起動手捉拿雷頓了。

「我動手了——我殺了它——你們退回去——」雷頓瘋狂地大叫起來，手指插破了奧古斯丁的脖子。

「等一下！」海倫忽然喊道，「湯姆斯！塞布不是警察，但是你是。還有你——餓了。在法官定罪之前，奧古斯丁只是嫌疑人，現在它也是受害者。」

「什麼？」湯姆斯叫了起來，「奧古斯丁不是受害者，它惡貫滿盈……」

「那要有證據，不是由你決定，也不是我決定，是由法官決定的。我們有專門的魔怪法庭。」海倫繼續説。

「我不管——」湯姆斯擺擺手，「今天我就是要抓雷頓，它要殺奧古斯丁，那就殺吧！」

「湯姆斯，你會被紀律懲罰的！」海倫立即喊道。

「啊？還要紀律處罰嗎？」餓了聽到這話，停下腳步，不再跟着雷鳴和閃電了。

雷頓看着魔法師們爭執起來，很是高興。不過這時，塞布帶着雷鳴和閃電衝了上去。

雷頓掄起奧古斯丁，對着塞布就砸了過去。塞布沒躲開，被砸中，同時把雷鳴也給推倒了。本來就受重傷的奧古斯丁這樣一砸，掉在地上，就死了。雷頓跑到汽油箱後，猛地打開後蓋，從裏面拿出兩根飛行樹枝，一手抓一個，身體急速

起飛。

　　海倫衝過來，對着雷頓就射出兩道電光，一道擊中雷頓，但是雷頓只是身體擺了一下，兩秒鐘就飛出去幾百米遠。這時塞布和雷鳴站起來，眼看着雷頓飛遠了。

　　「現在射擊有什麼用？雷頓跑了——」湯姆斯憤怒地對海倫揮着手臂，「海倫，你和你的理想主義毀了行動，明白嗎？你毀了全部行動！」

　　「我沒有錯！當時奧古斯丁就是被脅迫的，有生命危險！」海倫喊道，「這是原則問題！」

　　「海倫，我很不高興，全都是因為你！」塞布走過來，「雷頓殺了我的弟弟，又殺了加布里，本來我們能包圍並拿下它的……」

　　「這件事我會上報給諾曼警司，讓他來決定。」海倫也生氣了，「反正我沒有錯，看上司的裁決吧！」

「哼！」湯姆斯把臉轉過去，不再理睬海倫。

「大家不要吵。」餓了走過來，一副為難的樣子，「這件事嘛⋯⋯就交給諾曼警司吧，海倫，我個人意見是⋯⋯
你有些⋯⋯」

「你也來教訓我嗎！」海倫看了看餓了，餓了連忙不再說話了。

「大家聽我說，雷頓跑了，我們還可以去抓。」海倫對着垂頭喪氣的大家說道，「我們之間，不要

有矛盾，問題一會就上報，我們還要團結，抓雷頓。」

「抓到也會被你給放了。」閃電在一邊，小聲地說。

海倫看看閃電，沒說話。此時她似乎被大家孤立了。

「去哪裏抓雷頓呢？」餓了走過來，看看海倫，隨後指了指塞布它們，「它們要和我們一起去抓雷頓嗎？」

「按照規定，它們現在要去魔法師聯合會，或格拉斯哥警察局魔法事務處報到了。」海倫搖了搖頭，說道。

「噢，又是規定。」餓了小聲地說了一句。

「你們幾個，根據這次的表現，我想，法官對你們會判緩刑了。我不是法官，僅僅是根據以往經驗猜測，你們這次幫忙抓雷頓，這是特大立功，可以折抵你們罪行。」

「那就是一天牢都不用坐了？」雷鳴聽到

海倫的話，興奮起來，「這可是太好了！法官判了緩刑後，我還要回到奇蘭山的鷹巢，之後不會有魔法師來抓我了。雷頓在那裏建了一間陽光房……就是那個透明牆，我要好好享受一下。」

「你真笨呀！那種魔法工具牆脫離了雷頓的魔力支撐，五小時後就會自動消失。」閃電在一邊說。

「我們的罪，最大的就是那一宗銀行搶劫案，本來就不會判很重。」塞布不屑地看着海倫，「而且搶來的錢也不是我們自己花，全給了科尼──就是那個中無臉魔。」

「塞布，我們一路追蹤雷頓，現在終於有時間了。你是不是買通了科尼，才查到雷頓的下落？」海倫問。

「這可是個大秘密！」塞布說。

加油站裏面，兩個人質已經從房子裏走出來，慶幸被魔法師解救。加油箱這邊，塞布將要

把它的大秘密告訴海倫。

　　未來，海倫仍要在抓捕雷頓的路上堅定地走下去，她當然不能放過任何一條線索。

〈第6冊完〉
〈第7冊繼續旅程〉

下冊預告

曼城擒魔

　　大魔頭雷頓不但戰鬥力頑強，而且心狠手辣，每次在劣境時都會運用奸詐的伎倆逃之夭夭。

　　海倫和湯姆斯因為人質事件出現意見分歧，大大影響了彼此的合作性和默契。與此同時，塞布向海倫他們說出鷹頭怪與中無臉魔科尼之間的大秘密，倫敦警察局魔法事務部的諾曼警司也終於查出了雷頓的下落。

　　下一個戰場就是──曼徹斯特！究竟海倫和湯姆斯能否及時和好，再度合作去捉拿大無臉魔呢？而窮途末路的雷頓，還藏着什麼詭計呢？

緝捕大魔王之路，一站比一站兇險！

異域搜查師6

長空鷹舞

作　　者：關景峰

繪　　圖：OCEAN ON

責任編輯：黃楚雨

美術設計：徐嘉裕

出　　版：新雅文化事業有限公司

　　　　　香港英皇道499號北角工業大廈18樓

　　　　　電話：（852）2138 7998

　　　　　傳真：（852）2597 4003

　　　　　網址：http://www.sunya.com.hk

　　　　　電郵：marketing@sunya.com.hk

發　　行：香港聯合書刊物流有限公司

　　　　　香港荃灣德士古道220-248號荃灣工業中心16樓

　　　　　電話：（852）2150 2100

　　　　　傳真：（852）2407 3062

　　　　　電郵：info@suplogistics.com.hk

印　　刷：中華商務彩色印刷有限公司

　　　　　香港新界大埔汀麗路36號

版　　次：二〇二四年七月初版

ISBN：978-962-08-8435-1